GERTRUD FUSSENEGGER

DER GOLDSCHATZ AUS BÖHMEN

Gertrud Fussenegger

DER GOLDSCHATZ AUS BÖHMEN

Erzählungen und Anekdoten

Mit Illustrationen von
Leo von Welden

Otto Müller Verlag Salzburg

ISBN 3-7013-0765-2

Satz: Verlag politisches Archiv, Landshut
Druck und Bindung: Wiener Verlag, Himberg
Umschlaggestaltung und Layout: Leo Fellinger, Seekirchen

INHALT

BÖHMISCHE WUNDER

Der Goldschatz aus Böhmen

»Du kriegst einmal alles.« Das hörte ich früh und spät, wenn ich bei meinen Verwandten in Böhmen zu Besuch war. ALLES–? Was war das? Ein Haus und ein sogenannter Braurang in der Bierbrauerstadt Pilsen (er wäre mit ständigen, höchst erfreulichen Einkünften verbunden gewesen); *alles* –: das hieß freilich auch eine mit altertümlichem Mobiliar vollgestopfte Wohnung, zehn große goldgerahmte Ahnenbilder, einige hübsche, doch immer falschgehende Standuhren, einen halblebensgroßen Zigeuner aus Gips, einen nicht viel kleineren Wilhelm Tell aus Bronze, etliche Hellebarden und (falsche) Türkensäbel; dazu noch zwei Figuren aus Biskuitporzellan *Die Morgen-* und *Die Abendröte*.

Das alles sollte ich einmal erben.

Wie man sich denken kann, war ich hinsichtlich all dieser schönen Dinge recht zwiespältig gestimmt. Wer erbt nicht gern eine gute lebenslange Rendite? Wer verschmäht ein Haus in einer erstklassigen Straße einer aufstrebenden Industriestadt? Wer freut sich nicht über das eine oder andere fein intarsierte barocke oder biedermeierliche Möbelstück? Doch es wäre sehr übertrieben, wenn ich behaupten wollte, ich sei auf den gipsernen Zigeuner, auf den bronzenen Wilhelm Tell oder auch nur auf die Ahnenbilder besonders begierig gewesen (denn, unter uns gesagt, sie waren sehr mittelmäßig gemalt). Immerhin versprach ich meinen Verwandten dutzende Male, daß ich alles, das ganze Erbe, in Ehren halten, nie das Haus, geschweige denn den Braurang verkaufen würde. »Dann bist du versorgt«, sagten die alten Damen, die mich zu ihrer Erbin bestimmt hatten, »versorgt für das ganze Leben.«

Ich weiß nicht, warum sich bei diesen Reden in mir jeweils so wenig Freude regte. Fürchtete ich mich vor Morgen- und Abendröten, vor Hellebarden, Türkensäbeln, Uhren und Ahnenbildern, vor dem ganzen seit Jahrzehnten aufgetürmten und zu einem fast undurchdringlichen Wirrwarr zusammengewachsenen Kram? Flohmärkte und Sperrmülltransporteure hätten mich bestimmt in kürzester Zeit davon befreit, wäre der Erbfall wirklich eingetreten. Der Erbfall trat nicht ein – aus nur zu wohlbekannten weltgeschichtlichen Gründen.

Zum letzten Mal nahm ich im Spätherbst 1943 die Gelegenheit wahr, mein prospektives Erbe aufzusuchen. Mir war dabei schon trist zumute, düstere Ahnungen gingen in mir um. Nur noch mit Anspannung meiner ganzen Geduld konnte ich meinen Verwandten zuhören, wenn sie wieder davon anfingen, welch reiches Erbe ich zu erwarten habe. Die Sorge, was ich einst mit dem ganzen Kram anfangen sollte, war einer ganz anderen, weit drückenderen Sorge gewichen. Ich fragte mich, was wohl das Schicksal der beiden Frauen sein würde, wenn der Krieg so weiterging, wie er bis jetzt gegangen war. Ich fürchtete für ihre Zukunft. Sie allerdings waren noch ganz munter und selbstgewiß.

Im Jahr 1944 kamen mich die beiden in Tirol besuchen. »Meine Lieben«, sagte ich, »der Krieg ist verloren. Wenn die Russen an die Weichsel kommen, ist es für euch höchste Zeit, Böhmen zu verlassen. Packt das Beste zusammen, was ihr habt: Eure Pelze, eure Wintersachen, das Silber, den Schmuck – und auch das *Gold!*

Vergeßt mir das *Gold* nicht. Wir werden es bitter nötig haben.«

»Wie meinst du das?« fragten sie.

»Ich meine«, sagte ich, »wenn die Russen von der Wolga bis an die Weichsel gekommen sind, dann werden sie auch noch weiter kommen. Was sich aber dann abspielt in eurem Land, das sollt ihr nicht mitmachen müssen. Es wird auch bei uns hier im Westen kein Honiglecken sein. Doch besser als dort, allemal besser als dort.«

Die beiden alten Damen sahen mich ungläubig lächelnd an. Mit dem Gefühl, nur die Rolle einer lästigen Kassandra gespielt zu haben, brachte ich die beiden zu ihrem Zug, zurück nach Böhmen.

Was das erwähnte Gold betrifft, so handelte es sich dabei um etwa zweihundert hochkarätige Münzen, die schon lange, vermutlich schon seit Urgroßvaters Zeiten, angespart in einer Schublade, in einen Wollknäuel eingewickelt, lagen. Von diesem Gold war in der Familie dann und wann die Rede gewesen als von einem ehrwürdigen Schatz, der – von Generation zu Generation weitergegeben – eine letzte Reserve darstellte, eine Art Kronschatz, Rettung für den äußersten Notfall.

Ich war ziemlich sicher, daß ein solcher äußerster Notfall demnächst eintreten werde.

Der Winter 1944/45 kam heran, die Russen standen längst an der Weichsel, aber die beiden alten Damen ließen sich nicht blicken. Die Russen stießen über die Weichsel vor, ich war aufs höchste beunruhigt, auf meine dringenden Briefe erhielt ich keine Antwort; schon war ich entschlossen, mir eine Reiseerlaubnis zu verschaffen (ohne eine solche konnte keine längere

Fahrt mehr unternommen werden) – da, an einem Märzmorgen, stand dann doch die eine der beiden alten Damen in meiner Wohnungstür. »Gott sei Dank, daß du da bist! Endlich, endlich! – Aber wo ist die Tante Marie?«

Es stellte sich heraus, Tante Marie hatte die Reise gefürchtet, die Alarme, die Mühe des Umsteigens und, daß man auf der langen Fahrt nichts zu essen bekommen würde. Und überhaupt, sie wollte sich nicht trennen von ihrem komfortablen Heim.

Nicht trennen? – mir wurde elend zumute. Doch dann faßte ich die eben Angekommene näher ins Auge. »Aber du –, wo hast du dein Gepäck?« »Da ist es!« Fröhlich schwenkte sie mir ihr Köfferchen entgegen.

»Ist denn das alles –? Und dein Pelz?«

»Pelz?« sagte sie und lächelte überlegen. »Es wird doch Frühling.«

»Und das Silber? und der Schmuck?«

»Gut versteckt, daheim geblieben.«

Mir wurden die Knie weich. »Aber das Gold, ich bitte dich, das *Gold* wirst du doch mitgenommen haben!?«

»Ach, Kind, das Gold! Das wäre mir doch viel zu schwer geworden auf dieser Reise. Weißt du, wie oft ich umgestiegen bin? Bahnhöfe waren zerstört, wir mußten durch den Acker laufen. Nein, nein, das Gold hätte ich niemals schleppen können.«

Soso? Mir drehte sich der Kopf. Mir wurde schwarz vor den Augen. So war auch das Gold verloren, es war zu schwer gewesen, zu mühsam zu schleppen, mag sein, schon möglich, nun war auch diese Hoffnung dahin.

Aber da kramte die Tante in ihrem Täschchen herum und förderte ein Päckchen zutage, es war in Seiden-

papier gewickelt und mit einem Bindfaden verschnürt, sie reichte es mir, ich solle es öffnen. Und als ich es geöffnet hatte, war es ein *Schleifstein.*

»Mein Herr und Jesu Christ, aber den Schleifstein hast du doch mitgeschleppt!?«

»Ja freilich«, sagte sie und ließ die Augen heiter durch unsere Küche schweifen. »Den habe ich mitgebracht, denn wißt ihr, Kinder, meine Lieben, ihr habt halt immer so schlecht geschliffene Messer.«

Ja, so ging es mit dem Goldschatz aus Böhmen. Was ich damals für fast unmöglich gehalten hätte: wir überlebten auch ohne ihn. Wieviel Brot und Butter, wieviel Milch und Mehl hätten wir für jede einzelne seiner Münzen bekommen können! So mußten wir auf langen Wegen für schlechtes Geld und schließlich nur für bittende Worte das eine oder andere tauschen: Kartoffeln und Rüben und Molke, die sonst ja doch nur in den Schweinetrank gegossen worden wäre. Auch die nun längst aller Mittel entblößte, bettelarm gewordene Erbtante wanderte stundenlang und -weit zu den zerstreuten Tiroler Bauernhöfen, um irgendetwas Eßbares aufzutreiben. Dann kam sie strahlend nach Hause: »Schau her, ich bringe dir ein Ei!« Und einmal, da sie drei Tage lang im Zillertal herumgewandert war: »Ich bringe dir eine Speckschwarte, und sie ist erst zweimal ausgekocht.« Und richtig: Ich konnte sie noch dreimal in der Suppe sieden, und die Suppe schmeckte jeweils immer noch ein bißchen nach kostbarem Speck.

So behalf man sich und kam irgendwie über die Runden.

Nicht zu helfen freilich war vielen anderen und Unzähligen von jenen, die drüben geblieben waren, weil sie nicht rechtzeitig erkannt hatten, was die Stunde schlug. Auch die andere Erbtante, die ihr komfortables Heim nicht hatte verlassen wollen, die sich gefürchtet hatte vor der Unbequemlichkeit der Reise, vor dem Sprung ins Ungewisse, vor dem Wagnis ins neue Leben, hatte Schlimmstes zu erdulden. Ihr gelang es nicht mehr, in den Westen abgeschoben zu werden. Wir haben nie mehr eine Zeile von ihr erhalten. Wir wissen nicht einmal, wo sie begraben liegt.

Es vergingen mehr als zwei Jahrzehnte, bis ich endlich eines Tages und fast unerwartet die Gelegenheit fand, in meine Geburtsstadt zu fahren und mich dort ein paar Stunden lang umzusehen. Da stand ich dann vor dem Haus, das mir so oft als Erbe versprochen worden war, und das Haus war fremd, ich wagte es kaum zu betreten. Ich blickte zu den Fenstern hinauf, hinter denen ich so lange gelebt hatte: sie schienen mir sehr trüb und schmutzig in verkommenen Rahmen, und einige von ihnen waren mit Papier verklebt. Ich dachte an den Gipszigeuner und an den bronzenen Wilhelm Tell, an die Ahnenbilder und Standuhren, die immer falsch gegangen waren. Was war mit ihnen geschehen? Und ich fragte mich auch, was wohl aus dem Wollknäuel geworden sei, in den die zweihundert hochkarätigen Münzen eingewickelt gewesen waren, getarnt vor Diebesaugen, Diebeshänden. War jemand so klug gewesen, es zu durchstöbern und aufzuwickeln oder hatte man es einfach weggeworfen? Und wenn es weggeworfen worden war, wo war es gelandet? Auf einem Misthaufen, auf einer Müllhalde, zuletzt vielleicht auf einem Acker?

Dort würde dann, irgendwann einmal nach Jahrzehnten, die Münzen wieder zum Vorschein kommen, mit

Kopf und Wappen und Umschrift, die dann niemand mehr verstehen würde. Doch der Finder würde sich freuen über sein Glück und würde staunen über das Gold aus der Erde, aus der Erde Böhmens.

Ein Dach überm Kopf
oder
Es gibt noch Wunder

»Übersiedeln, schon wieder übersiedeln!« sagte die Mutter und sank ächzend auf den Küchenhocker. Da saß sie in ihrer alten gelben Wachstuchschürze, die sie sich eben zum Geschirrspülen umgebunden hatte, saß kopfschüttelnd, beide Hände vors Gesicht geschlagen. Der Vater stand vor ihr, – er hatte soeben die Nachricht gebracht –, und blickte mit schuldbewußter Miene auf sie nieder.

Aber sie saß nicht lange so. Sie ließ die Hände sinken, stand auf, atmete tief und strich sich die Schürze glatt. »Also gut, gut«, sagte sie »wenn es sein muß. Es wird das dreizehnte Mal sein.«

Das dreizehnte Mal in zwölf Jahren: daran hatte die Weltgeschichte schuld – und der Staat. Zuerst der Staat.

Mein Vater war k.u.k. Offizier, also einer von den Zehntausenden, die – mit Sternchen am Kragen – erst im bunten, dann im feldgrauen Rock einem Staatsgebilde dienten, das vom Bodensee bis zum Eisernen Tor, von Galizien bis in die montenegrinischen Berge reichte, in zwanzig Zungen sprach und an endlosen Grenzen bewacht werden mußte. Die Folge war, daß es die Leute, die ihm dienten, hin- und herschob, von einer Garnison in die andere, aus einem Kronland in das übernächste, aus dem Deutschen ins Ungarische, aus dem Ungarischen ins Tschechische, aus dem Polnischen ins Italienische: der Rösselsprünge gab es kein Ende. Auch mein

Vater wurde herumgeschoben und, da er Familie hatte, diese selbstredend mit. So hieß es übersiedeln und wieder übersiedeln, es war ein ewiges Wandern mit Betten und Schränken, Kredenzen und Tischen, mit dem Flügel aus Mahagoni und dem Salonluster aus Gablonz. Dazu Kisten mit dem guten und dem weniger guten Porzellan, mit dem guten und mit dem weniger guten Glas und mit dem großen goldgerahmten Bild: *Die letzten Opfer der Schreckensherrschaft.*

Alles, was da war, packte meine Mutter ein und aus; sie hätte sonst niemanden daran gelassen. Dann sah sie zu, wie ihre Möbel, die sie mehr liebte als gut war, von groben, ungeschickten Packburschen gefaßt, gedreht, gekippt, über Treppen gehievt und in einem Wagen verstaut wurden. Ihr tat das Herz weh, wenn die schönen Polituren Kratzer abbekamen und wenn die geschnitzten Zierleisten eine Matze kriegten. Wie zitterte ihr Herz in stiller Qual, wenn der geliebte Flügel, um einen Türstock gerummst, metallisch aufwimmerte und wenn es aus der Kiste, in die der Gablonzer Kristalluster versenkt war, gefährlich klirrte.

Was beim Ausziehen geschah, konnte natürlich auch beim Einziehen geschehen, und es war ja das Schlimmste nicht. Noch schlimmer war, daß man wieder einmal in eine Fremde kam: fremd war der Divisionär, bei dem sich der Vater zu melden hatte, fremd die Kameraden, fremd die Untergebenen; fremd das Haus, in das man einzog, fremd die Einteilung der Räume, der Ausblick aus den Fenstern, fremd der Krämer, bei dem man einkaufen, fremd der Schuster, bei dem man sich die Schuhe anmessen lassen mußte; fremd der Hausmeister, der Kommen und Gehen überwachte, fremd die Lehrer, zu denen man die Kinder in die Schule schickte – und fremd der Arzt; und das war vielleicht das Schlimmste, denn man war nicht gesund.

Man schleppte alte Leiden mit sich herum: der Vater, hager und überreizbar, litt an der Schilddrüse, die Mutter an einem schweren Herzklappenfehler und an einer Indisposition der Galle, die ihr viele Schmerzen verursachte. Sie hätte sich schonen sollen, beide hätten sich schonen sollen; statt dessen Dienst und Unruhe und Umgewöhnung – und diese Umzüge, einer nach dem anderen.

Dann kam der Krieg, die Trennung und die Sorge, und als der Krieg zu Ende war, Armut, neue Heimatlosigkeit und – wie denn anders? – neue Übersiedlung. Die Mutter hatte die letzten Kriegsjahre in Böhmen, im Haus ihrer Eltern verbracht, da hätten wir wohl bleiben können, zweifellos. Doch der Vater ertrug es nicht, in dem neuen Staat zu leben, der sich damit brüstete, am Untergang des alten Staates mitgewirkt und ihn an allen Fronten mituntergraben zu haben. Er mochte nicht mehr aus dem Haus gehen, seit er Aufläufen begegnet war, die sich jubelnd um einen Galgen scharten, und an dem Galgen hing die Puppe des alten Kaisers.

Also neuer Aufbruch, diesmal in die alte Familienheimat Vorarlberg, obwohl der Vater dort kaum jemanden kannte und obwohl er nicht wußte, wovon er dort würde leben können. So lag die Zukunft als unabsehbare Ungewißheit vor uns.

Wir Kinder begriffen noch nicht viel von unserer Lage. Aber wir spürten, daß sie uns mitbetraf, wenn der Vater noch wortkarger und noch gereizter war als früher und wenn sich in unserer Mutter schönes ernstes Gesicht ein noch tieferer Leidenszug eingrub.

In Vorarlberg fanden wir lange keine eigene Wohnung, und als wir endlich eine gefunden hatten (sie hätte uns gefallen können mit ihren großen, niederen vielfenstrigen Stuben, mit ihren Decken-Täfelungen und dem weiten Blick über das Rheintal zum Säntis und zum Bodensee), stellte es sich leider heraus, daß unsere Hauswirte, die im Stockwerk unter uns wohnten, an allerlei Wahnideen litten und daß sie alle, Eltern, Großeltern und Kinder, abwechselnd in die Landesirrenanstalt eingeliefert werden mußten. Es war unleidlich, an ihren Türen vorbeizugehen und immer fürchten zu müssen, daß der eine oder andere hervorschoß und seine unsinnigen Beschimpfungen und Anklagen vorbrachte. Schließlich wurde uns Kindern verboten, die Haustreppe zu benützen, wir mußten durch die hinten angebaute Scheune und über Leitern klettern, wir fanden das so übel nicht, doch unseren Eltern schien es unerträglich.

Dazu kam: Der Vater hatte keine Arbeit und damit auch keinen Verdienst, wir lebten, ich weiß nicht wie, ziemlich kümmerlich.

Einmal glaubten wir, eine Zuflucht zu finden auf dem Gut eines Onkels, das Gut war in Kärnten gelegen, in schöner Gegend. Indessen war dieser Onkel alles andere als ein guter Landwirt, schon eher ein bramarbasierender Abenteurer, der alle, die ihm über den Weg liefen, zu sich auf seinen Hof einlud, mit dessen Besitz er großtat wie mit einer glänzenden Musterwirtschaft. In Wirklichkeit gab es da nichts zu essen als Kohlsuppe, Kohlsuppe, in der die mitgekochten Würmer schwammen, das waren greuliche Mahlzeiten. Auch unsere Unterkunft war ziemlich schmählich: ein winziges Blockhaus, in dem es von Mäusen wimmelte, wir lagen auf Strohsäkken dicht gedrängt wie Sardinen in der Büchse. Zu allem Überfluß brach dann auch noch ein Unwetter über die Gegend herein, der Hagel zerdrosch die Feldfrucht, der Bach schwoll an und schwemmte das Heu davon, das Kleinvieh ersoff, die Katastrophe war komplett.

Also weg aus Kärnten und zurück nach Vorarlberg und wieder ins Blaue hinein gewartet, gehofft und mit dem nächsten Umzug gerechnet. Der kam dann auch, doch diesmal willkommen, trotz Müh' und Plag'. Denn der Vater hatte endlich eine Stellung gefunden, im Tirolischen, er sollte dort ein Gut verwalten, es war heruntergekommen in den vergangenen Jahren, er sollte es wieder in Ordnung bringen und Ertrag erwirtschaften. Konnte er denn das? Er konnte es, er mußte es können, er las einschlägige Bücher, er befragte Einheimische, er holte sich Rat von erfahrenen Leuten, vor allem aber gehorchte er dem eigenen gesunden Menschenverstand, der eigenen Vorsicht und Geduld. Er erwartete nie etwas Außergewöhnliches. Darum konnte ihm das Normale gelingen. Als wir ins Tirolische übersiedelten, sagte meine Mutter zu mir: *»Hier darfst du drei Steinchen vom Boden aufheben und sagen: sie sind mein.«*

Drei Steinchen. Das war nicht viel. Trotzdem begriff ich damals: Es war ein Anfang, ein Anfang um einzuwurzeln.

Meine Mutter kam aus einer Familie, die seit langem seßhaft war. Dort in Pilsen, in der rußigen Stadt zwischen Bierbrauereien und Schwerindustrie, war die Familie einheimisch, bürgerlich, ehemals wohlhabend. Ein Urgroßvater hatte ganze Häuserzeilen besessen und, vor der Stadt, Felder, Wiesen, sogar einen *Weinberg*. (Ich bezweifle, daß dort jemals Wein gediehen war.) Der

große Reichtum hatte sich zwar unterdessen verflüchtigt. Immerhin: Da gab es Grund und Boden. Das war meiner Mutter in Fleisch und Blut übergegangen: nur Grund und Boden verleihen etwas wie Stand und Gewicht, nur das eigene Dach überm Kopf ist Heil und Erlösung. Wer es hat, ist befreit von Angst. Er kann nicht gekündigt und von Schikanen verfolgt werden. Er braucht keinen Hauswirt zu fürchten und keine Mieterhöhung, er braucht nicht mehr einzupacken und auszuziehen und durch die Welt zu zigeunern.

So wollte sie sich und den Ihren Grund und Boden verschaffen und ein *Dach überm Kopf.*

Danach strebte sie mit allen Sinnen, allen Kräften und über ihre Kräfte hinaus.

Wie schon gesagt: Ihr Herz war geschädigt. Die Pumpe ging rasselnd. Ein Arzt hatte ihr einmal gesagt: *»Älter als achtundvierzig werden Sie nicht.«* Mit diesem Urteil lebte sie. Anfangs mag es sie nicht tiefer beunruhigt haben. Da lag der Zeitpunkt noch fern. Doch er rückte näher. Jetzt war sie vierzig. Jetzt war sie dreiundvierzig; dreiundvierzig, als der Glücksfall eintrat mit der Stellung im tirolischen Inntal; als sie sich nicht mehr sorgen mußte: Woher nehme ich das Geld für die Winterkartoffeln? für eine Zwirnrolle? für einen Schürzenstoff? und woher vor allem für die Miete? – Jetzt wohnten wir umsonst, und Vaters Hof lieferte das Nötigste: Milch und Brennholz, Käse und Nüsse. In einem Garten zogen wir Gemüse, im Hof scharrten einige Hühner. Jetzt konnte sie endlich sparen, sparen in dem Sinn, daß sie *an*sparte, Groschen um Groschen, Schilling um Schilling für das, wovon sie träumte, für Grund und Boden, für das *Dach überm Kopf* im eigenen Haus.

Denn für ewige Zeiten, das wußte sie, würde auch die gute Bleibe im Tiroler Oberland nicht zu haben sein. Der Vater, längst weißhaarig, vom Krieg verbraucht, würde nicht immer arbeiten können. Schon wurde es ihm sauer, täglich hinaufzuwandern zu dem Hof, den er verwaltete; doppelt sauer die Rundgänge durch den Forst, der sich über Hunderte Meter hinaufzog ins Gebirge, dreifach sauer der Aufstieg zu den Almen. Eines Tages würde es damit ein Ende haben. Dann hieß es wieder wandern – wohin? Die Mutter hatte sichs geschworen: Ins eigene Haus. Das würde dann der letzte Umzug sein.

Es konnte nicht anders kommen: ihre Sparsamkeit nahm manischen Charakter an. Ich war noch zu jung, um größere Wünsche zu haben als etwa eine Rippe Schokolade oder eine kitschige Postkarte mit bunter Herbstlandschaft. Meinen älteren Geschwistern setzte die Sparsamkeit schon schlimmer zu. Sie wären, denke ich heute, auch einmal gern ins Kino gegangen oder hätten mit Freunden ein Glas Limonade im Wirtshaus getrunken. Aber das gab es nicht. Es gab fast nichts, was Geld kostete, und selbst ich, die verhätschelte Jüngste, bekam ein Donnerwetter um die Ohren, wenn ich mir in der Schule einen neuen Bleistift klauen ließ. Der Untergang wurde mir prophezeiht: *»Du wirst noch einmal als Bettlerin sterben.«*

Jede Ausgabe, die vermieden werden konnte, wurde vermieden. Schon längst hatten wir keine Hilfe mehr im Haus. Mit eigenen Händen wuschen Mutter und Schwester die Wäsche. Wenn dann abends die Finger wundgerieben waren an der eisernen Rumpel, aufgebissen von der scharfen Lauge, dann wurde davon kein Wesen gemacht: so waren doch wieder drei Schilling gespart –

oder gar fünf – für das Dach überm Kopf, für das künftige Haus.

Alle Abende saß der Vater und zeichnete Pläne, Grundrisse, Aufrisse, Schnitte durchs Treppenhaus und Dachgestühl. Er zeichnete und bedachte genau, berechnete Mauerstärken und Ziegelmengen und zerbrach sich den Kopf, wo noch ein Quadratmeter eingespart werden könnte. Die Mutter saß dabei und gab Ratschläge, und wir Kinder standen hinter dem Vater und beobachteten bewundernd, wie fein er strichelte und wie zierlich er die Fassade zeichnete, die sollte ja wunderschön werden, darin war unser nüchtern-sachlicher Vater doch ein Kind seiner schmuckfreudigen Zeit, daß er sich sein Haus nicht anders denken konnte als mit geschnitzten Balkonen, gedrechselten Säulchen und buntbemalten Fensterläden, und in jedem Fenster blühten schon Geranien.

Doch wo dieses Traumhaus stehen sollte, war noch gar nicht ausgemacht.

Im Tiroler Oberland wollten die Eltern nicht bleiben. Sie dachten an Innsbruck, und schließlich war von Hall die Rede, der kleinen Stadt östlich von Innsbruck: dort, hieß es, habe ein Zimmermann einen Grund zu verkaufen, und derselbe Zimmermann biete sich an, auch das Haus zu bauen, hübsch und so solide wie nur möglich. Die Gasse, an der die Parzelle liege, habe den Namen *Fuxmagen*.

Fuxmagen! Einen so seltsamen Straßennamen hatten wir noch nie gehört. War da nicht gleich ein Wolfsleberplatz in der Nähe oder eine Bärenlungenallee? – Wir Kinder wollten uns totlachen.

Unseren Eltern hingegen war nicht zum Lachen

zumute; keineswegs zum Lachen. Denn ehe man daran denken konnte, mit dem Zimmermann übereinzukommen, die Parzelle zu erwerben oder gar zu bebauen, da mußte ja doch erst das Geld beschafft werden für das ganze Unternehmen, und das Geld war ja noch gar nicht vorhanden. Aller Sparsamkeit zum Trotz, allem Verzicht entgegen, aller manisch Groschen auf Groschen häufenden Knickerei, – es war nicht mehr als ein Siebentel zusammengebracht, zusammengefuchst und -gerittert, ein Siebentel von dem, was der Zimmermann als unvermeidliche Mindestsumme nannte. Sechs Siebentel fehlten. Was tun?

Hilfesuchend wendete sich meine Mutter an ihre Familie in Böhmen.

Dort hatte sie noch nie vergeblich angeklopft. Ebenda ergab sich ein Glücksfall. Nach dem Tod des alten Vaters beschloß die Erbengemeinschaft, eins der alten Stadthäuser zu verkaufen, es war in einer guten Straße gelegen, war groß und aufwendig gebaut, das durfte schon eine schöne Summe tragen. Fünf Geschwister waren da, die würden sich die Kaufsumme teilen, eins davon war meine Mutter, und eine ihrer Schwestern war bereit, auf ihren Anteil zu verzichten und ihn einzubringen in das Haller Haus.

So weit, so gut und sehr gut. Aber, aber! Zwischen Pilsen, der alten böhmischen Heimat, und Österreich lag eine Grenze, eine Staats-Wirtschafts- und Devisengrenze, ähnlich wie heute.

Mauer und Stacheldraht – Nein, die gab es noch nicht. Noch waren keine Minen ausgelegt, noch standen keine behelmten Posten auf Wachtürmen mit Maschinenpistolen, noch kreisten nachts keine Scheinwerfer über kahlgeschlagenen Todesstreifen. Trotzdem: die beiden Staaten, ČSR und Österreich, waren einander nicht grün. Nichts Gutes gönnten sie einander. So war es verboten, Geld und Geldeswert – es seien denn winzige Sümmchen – in den Nachbarstaat auszuführen.

Also mußte man *schmuggeln.*

Geschmuggelt wurde in jener Zeit von fast jedermann. Mit Schmuggel ignorierte man die Grenze, die, damals erst wenige Jahre alt und nach jahrhundertelanger Grenzelosigkeit, noch keine allgemein anerkannte Tatsache war. Für uns Österreicher war sie noch nicht legitim. Hatte das Land da drüben nicht vorher zu uns gehört? Noch schien die Trennung wider die Natur. Dennoch wußte man sehr wohl, daß die neuen Machthaber in Prag keinen Spaß verstanden, daß sie kein Pardon kannten und daß man eine Menge riskierte, wenn man ihre Gesetze umging.

Nun galt es in diesem Fall, eine gewaltige Menge zu riskieren. Aber wie und wer? Wer sollte sich getrauen, mit einem starken Bündel großer Scheine über die Grenze zu wechseln? Die Zollwache war wachsam. Wie wachsam, das war noch zu erproben.

»Ich werde es tun«, sagte meine alte Großmutter. Sie war an die siebzig, vielleicht schon drüber. »Ich werde es tun.«

»Du, Mutter, du?« – Söhne und Töchter standen um sie herum, bestürzt, möglicherweise auch ein wenig erleichtert.

»Ja, ich!« sagte sie. »Ihr seid mir alle viel zu aufgeregt.«

Meine arme Großmutter! Sie hatte zwar schon manches über die Grenze geschwindelt, was eine bornierte Obrigkeit mit Zoll und Zollstrafen belegt hätte: selbstgestrickte Strümpfe und Jäckchen für Enkelkinder, einen silbernen Löffel als Patengeschenk, eine Flasche nach Hausrezept verfertigten Kirschlikörs. Alles verboten – in sturer Feindseligkeit zwischen Staat und Staat. Doch *wie* verboten war erst ihr neuestes Vorhaben!

»Ich werde das Geld in den Schuhen verstecken«, sagte die Großmuter, »und in meinem Rockbund. Dort wird es niemand vermuten.« – Die Gute! Sie hatte keine Ahnung, daß jede wachsame Obrigkeit zuerst die Schuhe und dann die Säume durchfieselt.

Am Vorabend der Reise waren etliche Tausender unter die Brandsohlen ihrer schwarzen Schnürschuhe geschoben, etliche andere unter den Bund ihres Rockes genäht.

Da erschien, miteingeweiht, da der Familie seit Jahrzehnten vertraut, ein tschechisches Kusinchen: ein schon etwas ältlich gewordenes Fräulein, das sich, ohne Vermögen und ohne erlernten Beruf, so durchbrachte, daß sie bei Verwandten lebte und sich dort nützlich zu machen versuchte. Sie nähte sehr hübsch und vor allem akkurat. Sie flickte die heikelsten Spitzenstoffe so geschickt, daß das Loch kaum noch zu ahnen war. Sie richtete die herzigsten Päckchen her mit Bändchen und Maschen und garnierte die prächtigsten Geburtstagstorten. Jetzt ließ sie sich zeigen und vorführen, wo das Geld versteckt war.

»Nein, aber doch nicht so«, rief sie, »so geht das nicht, das kriegt ja jeder spitz, er braucht nur einmal hinzuschauen.«

Sie machte sich ans Werk. Zuerst bügelte sie die Scheine weich und geschmeidig wie Seide. Dann öffnete sie das Innenfutter der Schuhe und schob etliche Scheine hinein. Dann garnierte sie den Rockbund rundum, Saum für Saum. Dann nähte sie alle Verstecke mit den feinsten Stichen zu, deren ihre geübten Hände fähig waren. »Also in Gottes Namen«, sagte sie, als sie fertig war. »Ich werde beten, Tanterl, daß du gut hinüberkommst.«

Sie betete, ja, betete sie wirklich? Denn vielleicht – o Menschenseele, was bist du für ein Rätsel! – vielleicht schlug eben in derselben Nacht ihr nationales tschechisches Gewissen: sie, die ihr Volk inbrünstig liebte und seit dem Jahr 1918 glücklich war, einer befreiten Republik anzugehören und nicht mehr unter Österreich-Habsburgs Tyrannei schmachten zu müssen, sie mußte sich in dieser Nacht sagen, daß hier Verbotenes geschah, ihrem Land zum Schaden, und daß sie, die sich doch immer als treue Tochter ihrer Nation gefühlt hatte, ihre Hand dazu geliehen. Und vielleicht (ich will es nicht behaupten) lief sie in jener Nacht noch zur Polizei oder drehte eine Telephonkurbel oder vertraute sich auch nur einem ihrer tschechischen Freunde an ... denn –

Denn als meine Großmutter am nächsten Morgen losfuhr und nach vier oder fünf Stunden banger Bahnfahrt (so lange brauchten damals die Züge für knappe 150 km) in der Grenzstation einfuhr und noch bei rollenden Rädern einen Blick auf den Bahnsteig tat, da sah sie schon eine ganze Reihe Tellermützen aufgefädelt, eine Reihe von Pelerinen im unverkennbaren Mausgrau der tschechischen Zollwacht, und als der Zug hielt, schwärmten sie in noch unverkennbarerem Eifer aus und stürzten in die Waggons.

Und da kam schon einer daher, verlangte den Paß und lachte, als er den Namen las. »Da ist ja die gnädige Frau, da ist sie ja! Wir werden die Fahrt hier ein bißchen unterbrechen, wenn es gefällig ist. Aussteigen, bitte, aussteigen! – und das Gepäck nehmen wir auch mit.« Meine Großmutter, siebzig damals, vielleicht auch schon drüber, hatte viele böse Augenblicke in ihrem Leben überstanden. Sie war eingeübt, böse Augenblicke zu überstehen. Aber in diesem mag sie bis in die Lippen blaß geworden sein. Dennoch stand sie ruhig auf, nahm ihren Pompadour, ihren Mantel, ihren Hut; der Beamte trug das Gepäck, so stiegen sie aus – und dann ging es los.

Es ging damit los, daß sich das ganze Rudel Zollbeamter um sie sammelte, wie Jagdhunde, die ihre Beute schon zwischen den Zähnen haben. Man fragte sie: »Wo haben Sie das Geld?« und als sie den Kopf schüttelte und auf ihr mit wenigen kleinen Scheinchen beschicktes Portemonnaie verwies, brach man in Hohngelächter aus: Man habe doch ein Haus verkauft, oder nicht? So habe man doch wohl eine Stange Geld gekriegt, oder nicht? und wenn man jetzt ins Ausland fahre, so geschehe das aus einem ganz bestimmten Grund, oder nicht? man habe doch eine Tochter in Österreich, wie bekannt, die fahre man besuchen, wie erwiesen, die Fahrkarte hier, die laute auf einen Ort in Tirol.

Nun wurde das Gepäck meiner Großmutter geöffnet und sie selbst einer Frau übergeben, die sie untersuchen sollte. In einem zellenartigen Raum mußte sie sich entkleiden.

Was nun geschah, wird für immer ein Rätsel bleiben.

Die untersuchende Beamtin fand nichts. Oder sie tat, als habe sie nichts gefunden. Sie schaute in die Schuhe, sie griff den Rockbund ab, sie ließ alle Kleidersäume durch ihre Finger gleiten, sie griff meiner Großmutter in die Frisur und löste ihr dürftiges Zöpfchen. Meine Großmutter (ich glaube sie vor mir zu sehen) saß dabei still, bewegte sich kaum, nur ihre Lippen zuckten ein wenig, weil sie ein lautloses Ave sprach.

Dann sagte die Beamtin: »Ziehen Sie sich wieder an.«

Draußen stand die Meute und drängte heran: »Na – und? wieviel?«

»Nichts«, sagte die Beamtin. *»Nichts.«*

»Das gibt es nicht«, riefen die Tellermützen wie aus einem Munde. »Sie muß es bei sich haben. Im Gepäck war nichts zu finden.«

Noch einmal zurück in die Zelle.

Noch einmal Schuhe, Hemd, Rock, Frisur, jedes Stück durchgeschüttelt, durchgegriffen. Die Beamtin zuckte die Achseln. – »Es ist wirklich nichts da«, sagte sie noch einmal.

Die Tellermützen wichen zurück. Sie stürzten sich noch einmal über die Koffer. Doch da war ja wirklich keine Beute zu machen. Zuletzt zerstreuten sie sich, mißmutig murmelnd. Der Zug war längst abgefahren. Meine Großmutter mußte drei, vier Stunden auf den nächsten warten. Sie saß auf irgendeinem Hocker, den ihr eine mitleidige Seele vor das Bahnhofsgebäude gestellt hatte, sie saß mit geschlossenen Augen, als schliefe sie, die gichtverkrümmten abgerackerten Hände fest im Schoß gefaltet.

So wurde dann unser Haus in Hall gebaut.

Im Sommer 1925 wurde der erste Spatenstich getan.

Im Sommer darauf war es fertig.

Im Haller Lokalanzeiger erschien ein längerer Artikel. Der Bau wurde als besonderes Ereignis gefeiert. Es sei, hieß es darin, das erste Haus, das nach dem Krieg in der ganzen Gemeinde errichtet worden sei.

Meine Mutter erlebte es nicht mehr, daß wir einzogen. Sie konnte gerade noch dabei sein, als die Dachgleiche gefeiert wurde. Wenige Tage später brach bei ihr die Krankheit aus, die ihr der Arzt zwanzig Jahre zuvor angekündigt hatte. Sie starb im Juni 1926 und wurde auf dem Friedhof bestattet, auf dessen Vorplatz die Fuxmagengasse mündet.

Ich lebte viele Jahre in dem Haus. Es war meine Zuflucht und meine Rettung in einer Zeit, in der es sonst keine Zuflucht und keine Rettung für mich gegeben hätte.

Die arme Miß Brewster

Was fang ich nur mit den vielen Geschichten an, die mir keine Ruhe geben? Sie wollen erzählt sein. Ein lästiges Gesindel. Will ich schlafen, sitzen sie auf dem Bettfuß wie Hühner auf der Stange, machen die Hälse lang und äugen mich an. Geh ich spazieren, laufen sie neben mir her; sogar in der Eisenbahn reisen sie mit. Wenn ich lesen will, nehmen sie auf den Buchseiten Platz, plustern sich auf und stören. Sie dulden nicht, daß ich mich mit anderer Leute Geschichten beschäftige; s i e wollen verfolgt, s i e wollen erzählt sein.

Unter ihnen ist eine besonders lästig, eine Geschichte von dazumal, an die sich wohl niemand mehr erinnert als ich, die Geschichte von der armen Miß Brewster.

Wer meinen Lebensbericht gelesen hat, ist darin einem Fräulein Grimme begegnet. Ihr ist ein ganzes Kapitel gewidmet. Damit habe ich meine Ruhe von ihr. Aber ihrer Geschichte klebt eine andere an, eine wahre Schwan-kleb-an-Geschichte, eben die von der armen Miß Brewster. Ich will es mit ihr versuchen. Aber wie?

Ich probier es einmal im Märchenton:

Es waren zwei junge Mädchen, die hatten einander recht lieb.

Um die Wahrheit zu sagen: die eine hatte die andere lieber als die andere die eine. Aber sie waren Freundinnen und lebten als Zöglinge in einem Institut der Schwestern vom Sacré cœur.

Die eine war die einzige Tochter eines reichen Amerikaners. Die andere – sie war von eher undurchsichtiger Herkunft. Sie galt als lediges Kind eines österreichischen Erzherzogs und sollte von ihrem hochgestellten Papa schon als Säugling einem reichen kinderlosen Ehepaar aus der böhmischen Kurstadt Marienbad zur Adoption überlassen worden sein.

Das kleine Mädchen, das übrigens seinem vermutlichen Vater wie aus dem Gesicht geschnitten war, wuchs verwöhnt wie eine Prinzessin auf. Obwohl sie einen bürgerlichen Namen trug, scheint sie vom kaiserlichen Erzhaus in Evidenz gehalten worden zu sein. Kaum erwachsen wurde sie auf Hofbälle eingeladen, zu Hofjagden mitgenommen. Aristokratische Freier, so erzählte sie später, hatten ihr die Tür eingelaufen. Trotzdem heiratete sie nicht. Dann kam der Krieg, der Erste Weltkrieg, und die höfische und aristokratische Herrlichkeit hatte bald ein jähes Ende. Die Adoptiveltern hatten als gute Patrioten eine Menge Kriegsanleihe gezeichnet. Beide starben kurz hintereinander. Ein Vormund verwaltete den Rest des Vermögens, er war kein ehrlicher Mann und brachte alles durch. Nun stand das Mädchen allein und unbemittelt da. Aus dem adoptivelterlichen Vermögen waren ihr nur ein paar Kleinigkeiten geblieben, einige Bilder, einige Nippes und ein gewaltig zottiges Eisbärfell.

Was sollte sie anfangen? Einen Beruf hatte sie nicht erlernt. So mußte sie sich einladen lassen, mal hierhin, mal dorthin, von alten und neuen Freunden, bis sich schließlich ein Ehepaar fand, das sie für unbefristet ins Haus nahm. Dort zog sie ein mit Bildern, Nippes und Eisbärfell, und lebte von nun im böhmischen Dorf Plaß.

Freilich – sie lag nicht auf der faulen Haut, sondern versuchte sich ihren Gastgebern nützlich zu machen, sie strickte, stickte und nähte für die Hausfrau; für den

Hausherrn, der das Süße liebte, buk sie Strudel, Torten und Indianerkrapfen.

Nebenbei säte sie Zwietracht zwischen Eltern und Kinder. Doch das gehört nicht hierher.

Sie war, wie schon gesagt, unbemittelt, ja, eigentlich bettelarm, bis ihr eines Tages von einem Rechtsanwalt mitgeteilt wurde, aus dem Vermögen ihrer Eltern habe sich doch noch ein Rest retten und fruktifizieren lassen und sie werde bis auf weiteres eine Rente, so und so hoch, erhalten.

Fräulein Grimme war erfreut. Wer wäre an ihrer Stelle nicht erfreut gewesen? Daß sie den näheren Umständen des unerwarteten Glücksfalls nicht nachging, wer wollte ihr das verdenken? Sie verließ nun das gastliche Haus und mietete sich in der Nähe ein. Sie machte sich ihren Freunden weiterhin nützlich, gab auch Kindern aus dem Dorf, nun unentgeltlich, Unterricht in Stricken, Französisch und Klavierspiel und ließ sich bei Gelegenheit in das benachbarte Schloß zum Tee oder zu Hauskonzerten einladen.

So stand es um Fräulein Grimme, als der Zweite Weltkrieg ausbrach und, ganz unerwartet für Fräulein Grimme, Miß Brewster an ihre Tür klopfte.

Wie soll ich Miß Brewster beschreiben? Sie hatte – auf den ersten Blick – etwas Madonnenhaftes an sich, von einer Madonna allerdings, der es nie zuzutrauen gewesen wäre, daß sie ein Kind getragen und geboren hätte; eine Menschenpflanze, die noch von keinem Hauch frischer Luft, geschweige denn von einem rauhen Windstoß berührt, und deren verschlungenes Geäst von keiner steiferen Brise je durchgepustet worden war. Sie war bleich, wachsgelb und grau von Haut und Haar.

walden

Dabei war ihr Gesicht von großer Schönheit, doch diese Schönheit schien nur aus einer geradezu unnatürlichen Regelmäßigkeit ihrer Züge zu bestehen.

Miß Brewster hatte nie irgendeine Tätigkeit ausgeübt und hatte, so wenig wie Fräulein Grimme, einen Gatten gehabt. Ihre Mutter war uralt geworden und hatte diese ihre einzige Tochter nie von ihrer Seite gelassen. Die beiden reisten durch alle Welt, hielten sich aber meist nur in ihren Hotels auf ihren Zimmern auf, bestenfalls in den Hotelhallen, Hotelsalons und -speisesälen. Die Länder und Städte, die sie besuchten, kannten sie lediglich von den Postkarten, die sie dort kauften, ganze Unmengen kauften sie, von jeder Reise brachten sie Stöße mit. So wurden diese Postkarten zu ihren Lebenszeugnissen, sie trennten sich nie von ihnen, und auch jetzt kam Miß Brewster mit ihnen angefahren.

Aber warum kam sie denn überhaupt?

Menschenherz, o Menschenherz.

Miß Brewster hatte nie geliebt, nur einmal, ein einziges Mal war sie selig gewesen und hatte gehofft, wiedergeliebt zu werden, damals im Institut der Schwestern vom Sacré Cœur, in dem vornehmen Institut, in der Lehr- und Erziehungsanstalt für Höhere Töchter; damals, zwischen Maiandacht und Petit-point-Stickerei, zwischen Anstandsstunde und Französischer Konversation, damals, als die Tochtes des Erzherzogs, das Nesthäkchen aus der Grimmeschen Nobelvilla, ihre Zimmer- und Tischgenossin war; als ihre beiden Handarbeitskörbchen nebeneinander standen, ihre Schuhputzbeutelchen nebeneinander lagen, als ihre zierlichen, mit Rosen bemalten Waschkrüglein einander mit den Schnäbeln – beinah! berührten. Ein ganzes Jahr dauerte diese Nähe.

Sie gingen, wenn sie spazieren geführt wurden, in der Reihe hübsch nebeneinander und manchmal, wenn es regnete, gingen sie eingehängt unter e i n e m Regenschirm. Wenn sie Ball spielten, so spielte Miß Brewster, damals Caty, ihren Ball nur Fräulein Grimme, damals Dely, zu und war glücklich, wenn er ihr zurückgespielt wurde. Caty kämmte ihr Haar mit Delys Kamm und war entzückt, wenn sich Delys ausgekämmtes Rothaar mit Catys blondem Flaum vermischte. Dann und wann wagte Caty, hinter Delys Rücken, in deren Pantöffelchen zu schlüpfen, und Wonne durchrieselte sie vom Scheitel bis zur Sohle. Ein einzigesmal war Dely, durch die Indiskretion einer Mitschülerin über ihre illegale Geburt aufgeklärt und dementsprechend erschüttert, todunglücklich und wütend, also in einem Zustand äußerster Anlehnung- und Mitteilungsbedürftigkeit in Catys Bett geschlüpft und hatte sich mit zitternden Gliedern an sie geschmiegt. Caty erschauerte. Sie war ganz starr vor Wonne, brachte kein Wort hervor, brachte nicht einmal die Hand hoch, um Delys tränennasse Wangen oder ihren Nacken, ihre Schultern oder wer weiß was noch zu streicheln. Sie fühlte nur den spitzen Ellenbogen der Freundin in ihren Bauch gebohrt und dachte: Das ist der Himmel!

Wenige Wochen später wurden die Freundinnen getrennt. Das Schuljahr war zu Ende, Catys Vater entführte die Tochter nach Amerika. Die beiden schrieben einander, aber sahen sich nicht wieder, bis – einige Wochen nach Kriegsbeginn 1939 – Miß Brewster in das von den Deutschen besetzte Böhmen einreiste und vor Delys Tür stand, wachsgelb und bleichblondgrauen Haars, mit einem Gesicht, das auf den ersten Blick etwas Madonnenhaftes hatte und dessen Schönheit doch nur in einer geradezu unnatürlichen Regelmäßigkeit bestand.

Dely, jetzt Fräulein Grimme, war starr (freilich nicht vor Wonne). »Bist du verrückt geworden«, rief sie, »daß du jetzt angefahren kommst, wo dieser Hitler Krieg macht, du – aus Amerika! Wer weiß, ob du jemals wieder hinauskommst aus diesem Land? Du sitzt in der Falle – und hast dich selbst hineingesetzt!«

Miß Brewster wankte über die Schwelle. Sie schluchzte. »Jaja, ich weiß, Dely, mein Herzensschatz: Der Krieg! Gerade deshalb bin ich ja gekommen. Noch konnte ich kommen. Später – Wer kann denn sagen, was später geschieht? Dann hätten wir einander vielleicht nie mehr wiedergesehen.«

Und dann, zu Delys Füßen niedergesunken, auf dem Eisbärfell: »Gott! hätte ich gedacht, daß ich diesen Tag noch erlebe!«

Fräulein Grimme trat einen Schritt zurück. In ihr regte sich sofort der weltgeschichtlich notorisch gewordene Wirklichkeitssinn ihrer erzhäusigen Abstammung; sie witterte sogleich in Miß Brewsters Ankunft eine einzige große, ja, ungeheuere Verlegenheit.

Fürs erste wußte sie nicht, wohin mit dem Gast. Allein Miß Brewsters Gepäck, ein Halbdutzend Riesenkoffer aus schwarzem Krokodil, war in Fräulein Grimmes kleiner Wohnung eine Invasion und Heimsuchung. Eine Weile versuchte sie sich mit Geduld zu wappnen. Eine Weile war sie sogar ein wenig gerührt durch ihrer alten Caty Anhänglichkeit, vor allem, wenn sie beide in Erinnerungen kramten: Weißtdunoch? Weißtdunoch? – Das gab noch etliche gute Stunden ab. Sie saßen beisammen und hechelten durch, was die Vergangenheit hergab: die und die, das und das, das Institut, die Schwestern, die Lehrer, die Mitzöglinge von A bis Z; die kleinen Streiche, die sie gespielt hatten, das kaputte Harmonium in der Kapelle, den staubtrockenen Kuchen zum Sonntag-Nachmittags-Tee. Weißtdunoch, weißtdunoch? – das kann für eine Weile Tote auferwecken; Längst-Abgeblühtes blüht auf, kann für eine Weile Freundschaft vorlügen, wo Freundschaft längst aus ist, aus-und-amen; aus-und-amen für Fräulein Grimme, nie aus-und-amen für Caty Brewster.

Trotz gelegentlicher Rührung gab sich Fräulein Grimme keiner Täuschung hin: auf die Dauer konnte diese Zweisamkeit nicht taugen. Fräulein Grimme hielt auf Ordnung und Pünktlichkeit. Miß Brewster wußte nichts davon. Und als sie sich einmal hinreißen ließ zu gestehen, daß die Rente, die Fräulein Grimme nun schon seit Jahren empfing, diese vom Himmel gefallene Rente, die die Empfängerin auf eigene Beine gestellt und sie aus der demütigenden Abhängigkeit von ihren Gastfreunden befreit hatte, daß also diese Rente keineswegs aus dem Grimmeschen Vermögen stammte, sondern ganz allein Miß Brewsters Einfall und Arrangement gewesen war, da stieg in Dely Grimme statt schuldiger Dankbarkeit etwas ganz anderes hoch: ein stiller Groll, und die nagende Angst, ihre Freiheit noch einmal – und jetzt an Caty – zu verlieren.

Als erstes beschloß Fräulein Grimme, Miß Brewster aus ihrer Wohnung zu entfernen, zuerst in ein anderes Haus des Dorfes Plaß, dann noch ein Ende weiter. Zuletzt überredete sie sie, in die nächste Kreisstadt, nach Pilsen, in ein Hotel zu ziehen. Miß Brewster wehrte sich, so gut sie konnte und soweit ihre Natur Widerstand hergab. Aber Fräulein Grimme war unbeugsam und so, wie einst ihre illegalen Ahnen immer wieder Vorwände, Gründe und Kniffe gefunden hatten, sich unliebsam gewordener Diener und lästiger Freunde zu entledigen, so fand auch sie einen wahren Strudel von Argumenten, um Miß Brewster von sich abzuwehren. Doch als sich diese in aufsteigender Verzweiflung wie mit Saugnäpfen an sie klammern wollte, holte sie zum Schlag aus. »Ich halte dich nicht aus«, schrie sie, »ich kann dich nicht ertragen. Du riechst so schlecht.«

Da färbten sich Miß Brewsters wachsbleiche Wangen zum ersten und einzigen Mal dunkelrot. Ihr Madonnengesicht sank gegen die Brust. Als sie es wieder aufhob, flüsterte sie nur: »Verzeih!« Sie verschluckte den Schimpf, zog ab – und liebte weiter.

Inzwischen hatte sich einiges ereignet:

Hitlers Krieg hatte sich, nachdem Polen unterworfen war, nach Dänemark und Norwegen weitergefressen. Dann wurde Frankreich erobert. Nun war Rußland daran. Eine böse Sache. Die Deutschen begannen zu begreifen, was auf sie zukam. Die Tschechen begannen zu hoffen. Sie witterten Wetterwende, künftige Befreiung.

Im Winter des Jahres 1941/42 lernte ich Miß Brewster kennen. Ich war wieder einmal in Pilsen zu Besuch und wohnte da – wie immer – in meinem Geburtshaus bei meinen beiden Tanten, zwei Lehrerinnen im Ruhestand. Die eine, Anna oder Antschi, eine gesellige Person, die eine stille Vorliebe für alles Exzentrische hegte, hatte mich mit ihr bekannt gemacht. Miß Brewster kam zu uns zum Tee oder wir besuchten sie in ihrem Hotel, Hotel Waldeck, dem ersten am Platz. Dort saßen wir mit ihr im Waldeckschen Caféhaus an einem der kleinen Marmortische, an denen ich schon als junges Mädchen mit verschiedenen Kavalieren und Freundinnen gesessen war, mit dem Unterschied allerdings, daß es auch hier jetzt keinen Bohnenkaffee mit zuckriger Schlagobershaube und keine Sachertorte mehr gab, sondern nur noch eine kriegsmäßig dünne Brühe und zähes Backwerk – auf Marken.

Meine Tante hatte mir Miß Brewsters Weltbereistheit und interessante Unterhaltung angepriesen. Und richtig: zu jeder unserer Zusammenkünfte brachte die Amerikanerin ein Bündel Postkarten mit: »Das ist Bombay. Das ist Singapur. Das ist Frisko.« Doch wenn ich Näheres wissen wollte über Land und Leute, Kunst und Sitten, konnte sie mir keine Auskunft geben. Schon beim zweitenmal fand ich sie unerträglich langweilig, und ich verstand Fräulein Grimmes Ärger und Überdruß.

Miß Brewster war noch immer schön, das mußte ich zugeben, doch – wie mir vorkam – auf eine irgendwie fade und schale Weise, und manchmal dachte ich neben ihr an die blassen Triebe von Knollengewächsen, wenn diese lange genug in Kellern gelagert wurden. Ich mochte mir nicht genau vorstellen, was Miß Brewster in ihrem Hotelzimmer anstellte, wenn sie dort stundenlang alleine saß, untätig und auch gar nicht willens, irgendetwas zu tun. Sie klagte über die Plage, die ihr eine einzige aufgegangene Naht im Seidenfutter ihres Pelzmantels verursache; tagelang sei sie damit beschäftigt, stichle und stichle und könne damit doch nicht fertig werden.

Miß Brewster bewohnte ein Hofzimmer im Hotel Waldeck. Dort schien nie ein Strahl Sonne herein; so wurde die Blasse immer noch blässer, und ihre breiten

Lider wurden durchscheinend wie Papier. Überdies magerte sie ab – nicht ohne besonderen Grund.

Im Krieg war die Sommerzeit eingeführt worden, und wie alles, was damals verordnet wurde, hatte auch diese Maßnahme den Charakter des Überschärften und Extremen, denn nicht nur um *eine*, sondern um *zwei* ganze Stunden war die Uhr vorgestellt worden und sollte die Bevölkerung dazu anhalten, ja schon bei Morgengrauen auf die Beine zu kommen und umso länger für den *Endsieg* zu rackern.

Daneben gab es die Verordnung, daß jede Art von Gaststätte nur zwischen zwölf und zwei Uhr Mahlzeiten ausgeben dürfe, dem Sonnenstand nach also zwischen zehn und zwölf. Jedermann hätte sich mit dieser Regelung abgefunden, so unbequem sie sein mochte. Nur Miß Brewster beugte sich nicht. Für sie, eine freie Amerikanerin, erklärte sie stolz, gelte nichts, was dieser Hitler befehle. Sie sei es gewohnt, ihren lunch um zwei zu nehmen – (das war in jener Zeit der Uhr nach vier) – und dabei werde sie bleiben.

Das Ergebnis war danach. Wenn Miß Brewster endlich aus ihrem Zimmer hervorkam und sich in das Restaurant ihres Hotels verfügte, fand sie den Saal, wenn nicht gesperrt, so gähnend leer, von den Kellnern verlassen, die Lichter abgeschaltet, das letzte Papiertischtuch weggeräumt. Ihrem Protest begegnete man nur mit Achselzucken und hämischem Grinsen. Kein Wunder, wenn dann Miß Brewster, von Hunger ausgehöhlt, in die Straße einbog, wo meine Verwandten wohnten, und an der Tür schellte, in der Hoffnung, die freundliche Antschi werde ihr öffnen und sie zu einer Schale Tee und einem Butterbrot einladen. Doch leider hatte sie es nicht jedesmal nur mit Antschi zu tun.

Seit jeher lebte diese mit einer Schwester zusammen, einer Halbschwester, einer etwas sonderlinghaften Frau, die Miß Brewster auf den Tod nicht leiden konnte. Sie konnte fast niemanden leiden, der zu Antschi auf Besuch kam, und schon gar nicht, wer sich jetzt in hungriger Kriegszeit etwas Eßbares vorsetzen ließ. »Sie soll doch nach ihrem Amerika gehen«, pflegte sie zu sagen, »dort gehört sie ja hin.«

Mit einer möglichen Rückkehr nach Amerika war es aber inzwischen vorbei. Deutschland hatte, nachdem es schon mit der halben Welt im Krieg war, auch noch die Vereinigten Staaten herausgefordert, und die Falle, die Fräulein Grimme bei Miß Brewsters Ankunft geweissagt hatte, war hinter dieser wirklich zugeschnappt.

Als Angehörige eines feindlichen Staates hätte Miß Brewster sogar in ein Internierungslager kommen können. Doch sie hatte noch einmal ein wenig Glück. Die Behörde hielt sie für harmlos, man ließ sie auf freiem Fuß. Ihre überseeischen Konten wurden zwar beschlagnahmt, doch floß ihr vermutlich aus einer Schweizer Quelle weiter ein Unterhalt zu. Auch Fräulein Grimmes Rente versiegte nicht; Devisen waren kostbar und darum willkommen.

Der Krieg ging weiter. Im Jahre 1944 verfinsterte sich Miß Brewsters triste Existenz noch mehr. Eines Tages wurde sie aus dem Hotel Waldeck hinausgekündigt. Wieder war eine Verordnung von oben erfolgt: Niemand dürfe länger als acht Tage in ein und demselben Gastbetrieb logieren. So zog Miß Brewster in ein anderes Hotel, das zweite am Platze. Auch hier konnte sie nur eine Woche bleiben. Miß Brewster versuchte ins Waldeck zurückzukehren. Vergeblich. Man wies sie ab. So suchte sie sich ein drittes Quartier, nach dem dritten ein viertes, ein fünftes.

Man kann sich vorstellen, wohin die Odysee sie führte.

Nachdem sie auch aus der letzten Kaschemme hinausgekündigt worden war, sprach sie bei Antschi um Unterkunft vor.

Antschi rang die Hände. »Ich kann Sie nicht behalten, Miß Brewster, ich kann nicht. Meine Schwester ist dagegen. Ich schwöre Ihnen: Sie setzt Sie vor die Tür.«

Miß Brewster flehte: »Ihr Dienstbotenbett! Ich hab es gesehen: in Ihrer Küche steht ein Dienstbotenbett. Sie haben doch kein Mädchen mehr. Ich könnte dort liegen und schlafen.«

»Aber Miß Brewster!«

»Tagsüber werde ich spazieren gehen. Ich kann auch in einer Kirche sitzen – oder im Kino. Nur schlafen, schlafen lassen Sie mich hier!«

Antschi war ratlos.

Als die feindselig gesinnte Schwester einmal ins Krankenhaus mußte, nahm sie Miß Brewster in der Wohnung auf. Aber als jene zurückkehrte, mußte die Ärmste wieder ziehen.

Weit draußen in der Vorstadt, U Karličku, hatte sie noch einen Unterschlupf gefunden.

Nun trat Miß Brewster mit einer neuen Bitte an Antschi heran. Sie hatte in ihrem Gepäck eine stählerne Kassette mit sich geführt. Die mochte sie nun nicht mehr bei sich haben. Sie übergab sie meiner Tante zu treuen Händen. »Bei Ihnen weiß ich sie sicher, so sicher wie nirgends sonst. Aber Sie versprechen mir: Sollte ich sterben: alles, was die Kassette enthält, ist für Dely bestimmt.«

welden

»Schon gut, schon recht, alles für Dely!« versprach meine Tante. »Aber warum, in aller Welt, sollte Ihnen etwas zustoßen?«

Ehe Miß Brewster diesmal das Haus verließ, ergriff sie beschwörend Antschis Hand: »Ich werde jetzt die Kassette öffnen. Einmal müssen Sie sehen, was drinnen ist.« Meine Tante wehrte ab. Aber Miß Brewster hatte schon den Schlüssel ins Schloß gesteckt. Der Deckel sprang auf.

»Ich war wie geblendet!« sagte mir meine Tante später, »wie geblendet. Eine solche Pracht hab ich noch nie gesehen: Diamanten, nichts als Diamanten.«

Miß Brewster ging. Mit Schaudern versenkte meine Tante den Schatz in ihren bestverwahrten Schrank.

Wochen vergingen. Von Miß Brewster kein Lebenszeichen. Meine Tante war beunruhigt. Sie machte sich auf, U Karličku in der Vorstadt zu suchen. Mühselig fragte sie sich durch. Man führte sie zu einer baufälligen Baracke.

Als sie nach Miß Brewster fragte, gab man vor, nichts von ihr zu wissen. Schließlich gestand man ein: sie war nicht mehr da.

Sie war schon vor drei Wochen begraben worden. Sie hatte sich umgebracht, mit Gift.

Wie vor den Kopf geschlagen wankte Antschi nach Hause. Ihr blieb nur übrig, Fräulein Grimme zu verständigen. Fräulein Grimme kam mit dem nächsten Zug.

Sie war betreten.

Betreten nahm sie die Kassette in Empfang.

Betreten zog sie mit ihr ab.

Der Schatz blieb nicht lange in ihrem Besitz.

Fünf Monate später kapitulierte die Deutsche Wehr-

macht. Miß Brewsters Landsleute, die Amerikaner, zogen siegreich in Pilsen ein.

Die Tschechen holten die Deutschen aus ihren Häusern, sperrten sie in Lager, steckten sie in Gefängnisse oder schoben sie gleich über die Grenze ab.

Alles, was den Deutschen gehörte und was man in ihren Wohnungen fand, verfiel dem Staat, das heißt, es fiel zuerst einmal in die Hände derer, die die Austreibung exekutierten.

Auch Fräulein Grimme wurde geholt, in ein Lager gesperrt, dann über die Grenze geschoben.

Sie hatte nichts für sich behalten dürfen, nicht das von ihren Eltern ererbte Eisbärfell, nicht die gleichfalls ererbten Bilder und Nippes, nicht einmal eine Zahnbürste, geschweige denn Miß Brewsters Diamanten.

Kaum nach Deutschland gekommen, starb sie an Entkräftung und Elend.

Auch die Tante, die sich so heftig dagegen verwahrt hatte, Miß Brewster Unterkunft zu gewähren, ging noch im Sommer 1945 zu Grunde, nachdem sie mit Tausenden anderen in einer Sportarena gehungert und wochenlang ohne Obdach im Freien kampiert hatte.

Nur die Wohltäterin Antschi entkam.

Sie lebte noch lange und starb, geliebt und geachtet, mit hundert Jahren.

DAS RAD DER GESCHICHTE

Vier Variationen zu einem gigantischen Thema

1. Die Revolution ist älter

Vor einiger Zeit wanderte ich an einem regnerischen Dezembertag durch das Quartier Latin. Ich war auf der Suche nach authentischen Schauplätzen, und wo in der Welt – außer vielleicht in Rom – sind authentische Schauplätze dichter gesät als in der Innenstadt von Paris?

Ich hatte soeben die Rue Mirbel durchstreift, in der das tragische Abenteuer des Dichters Léon Bloy mit dem Straßenmädchen Annemarie Roulé begonnen hatte, dieses Abenteuer in Weltuntergangsstimmung und in Erwartung der globalen Katastrophe; ich hatte dann den Hof der ehemaligen École Physique besucht, wo dem Ehepaar Curie in einem inzwischen verschwundenen Hangar die Darstellung des ersten Gramms Radium pure gelungen war; ich hatte die verblaßten Aufschriften zu lesen versucht, die die Mauern rings um die Sorbonne bekrakeln. Aufrufe zu Demonstrationen, Streiks, zu Lebensverweigerung ...

Eben bog ich in die Rue Saint Jacque ein, da fiel mein Blick auf das Schild einer kleinen, schäbigen Gastwirtschaft *Au Roman de la Rose*.

Überrascht trat ich näher und entdeckte in der Höhe des ersten Stockwerks eine in den räudigen Putz eingelassene Tafel: An dieser Stelle habe das Haus gestanden, in dem Jean de Meung, genannt Clopinel, 1285 seinen Rosenroman geschrieben habe.

Also hier, dachte ich, also hier ist es gewesen. Ich hatte den Ort gefunden, ohne ihn zu suchen. Ich staunte über den Zufall. Lange stand ich da, betrachtete Fassade und Inschrift, dann trat ich durch den düsteren Torbogen in die Einfahrt, von dort in den Hof. Ein häßlicher, enger Hof. Ich spähte nach Resten alten Mauerwerks aus. Vergeblich. Was hier gestanden hatte, war zu Schutt zerfallen und lag vielleicht noch unter dem buckligen Pflaster. Aber in meiner Einbildung erstand ein turmartig düsterer Bau, wie er in dem eng verschachtelten gotischen Paris, in der Nachbarschaft der alten Universität, in dem von Mönchen, Studenten, Gauklern und Bütteln wimmelnden Viertel rings um die Sorbonne, gestanden haben mochte; ich sah das längst geschleifte Haus vor mir, sein spietzgiebeliges Dach, seine klobigen Mauern, seine unregelmäßig versetzten Luken und Bogenfenster: hinter einem dieser Fenster saß ein Mann, ich hatte nie ein Porträt von ihm gesehen (und es hat sicherlich auch niemals eines von ihm gegeben), aber ich stellte ihn mir, Gott weiß warum, klein und hochschultrig vor, beinahe bucklig, mit wüstem angegrauten Haarschopf, großnasig, bleich: ein Bücherwurm und Stubenhocker. Seine Finger sind von Gicht verkrümmt, tintenfleckig, seine Augen sind entzündet und lichtscheu, denn er verbringt Tag und Nacht in seiner Klause, wo er liest und schreibt, schreibt und liest und wieder schreibt. Zwanzigtausend Verse hat er schon zu Papier gebracht, Berge von Bogen mit seiner heftigen, klexigen und widerspenstigen Schrift bedeckt. Er schreibt noch immer, doch bald ist es vollendet, sein Werk, der Rosenroman, ein Ungeheuer von einem Epos, ein Monstrum von Erzählgedicht, gereimte Vierzeiler, Dutzende von Gesängen. Der Rosenroman ist sein Lebenswerk, Jean de Meung weiß das, dergleichen wird er niemals wieder schreiben, dergleichen wird auch ein anderer nicht so schnell schaffen, so schnell nicht oder niemals wieder, wer wagte denn auch so kühn zu sein wie er?

Und doch ist dieser Rosenroman nicht *sein* Entwurf. Am Anfang des Jahrhunderts – um 1230 – lebte ein junger Dichter, Guillaume de Lorris, ein schwärmerischer Jüngling, eine zartbesaitete Seele. Er begann ein großes Gedicht und nannte es den *Roman von der Rose:* ein Gedicht, wie aus einem goldgemalten Stundenbuch. Guillaume erzählte seine Mär, wie ein Jüngling in Liebe entbrannte zu einer Rose, die er noch nie gesehen, von der er nur vernommen hatte, und der Jüngling machte sich nun auf, die Rose zu suchen, aber ach, da waren Mauern und Zäune und Wächterinnen, und über die Zäune mußte er klettern und die Wächterinnen umgarnen mit schönen Worten und hübschen Geschenken, und immer heißer wurde der Jüngling indessen auf den Anblick der Rose. Endlich war er ins Gärtlein gelangt und erblickte – erblickte – die Rose nicht. Denn so grob und geradezu konnte es nicht zugehen bei Lorris in jener feinen höfisch-hochgezüchteten Zeit. Er erblickte die Rose nur als Spiegelbild in einem tiefen Brunnen und beugte sich über den Rand und seufzte und klagte, und die Rose schwamm unten als süßes, lockendes Bild. Und als der Jüngling beinah so weit war, daß er die Hände ausstrecken konnte nach der spiegelnden Wasserfläche in seliger Lust, da starb der Dichter, der junge Lorris, und war am Ende.

Aber sein Werk blieb und wurde, so fragmentarisch es war, kopiert und gelesen und immer wieder gelesen.

Es gehörte zu den Lieblingsbüchern am Hof und in den großen Adelsfamilien des Landes, und man pries es und der Name Lorris war in jedermanns Mund.

Das ließ dem Jean de Meung keine Ruhe. Fünfzig Jahre lang war der Rosenroman des Lorris ein Fragment geblieben. Er, Jean de Meung, genannt Clopinel, wollte ihn vollenden.

Er glaubte, mehr zu wissen von der Liebe und von den Finten und Listen der Liebe. Er lachte heimlich über die umständliche Unerfahrenheit, mit der Lorris über seine Sache geredet hatte. Er, Clopinel, hielt nicht viel von Spiegelbildern und sublimen Wonnen im Spiegelbildlichen. Er kannte das Leben anders und kannte die Welt, er wußte, sie war kein Minnegärtlein, sondern ein Raubtierkäfig.

So machte er sich ans Werk und türmte über Lorris' zartes, zerbrechliches Kunstgebilde ein ungeheures, grobes und polterndes Epos auf, ein gelehrtes allegorisches Pamphlet, eine nicht endenwollende umständliche Obszönität; seine Sprache ist roh, sein Vokabular ärmlich, immer wieder kommen dieselben Reimpaare vor, mühsam schleppt es seine Handlung dahin.

Und doch ist dieses Werk ein Jahrhundertwerk und wird über die Jahrhunderte dauern. Es enthält Gedanken, so kühn, wie sie sonst kein Mensch als der bucklige Gnom Clopinel hier in Paris – geschweige denn anderswo! – zu denken gewagt hätte. Er schleudert Anklagen um sich, wo alle anderen kuschen. Er rüttelt an Ordnungen, wo alle anderen nur in Ehrfurcht ersterben, und er macht sich nichts aus Kirche und Glauben und der sonst allgegenwärtigen Furcht vor Ketzerei. Er ist auf ganz unerhört kecke Weise urteilssicher und urteilsfroh und sitzt zu Gericht, wo kaum ein anderer Autor der Zeit eine leise Mahnung anzubringen wagt.

Hören wir, was dieser Clopinel vorzutragen hat!

Wir sind im 13. Jahrhundert, in der Blütezeit der Scholastik, Hochzeit des christlichen Abendlandes: doch für Clopinel scheint die Bibel nicht zu existieren. Sein Weltbild ist deistisch, heidnisch, rationalistisch (mit eingesprengten Nestern astrologischen Aberglaubens). Gewiß: auch für ihn hat Gott (oder ein Gott?) die Welt geschaffen; zugleich hat er sich aus dieser Welt zurückgezogen und sie seinen Statthalterinnen, Natur und Vernunft, überlassen. Und anfangs ging auch alles gut. Ein goldenes Zeitalter lächelte über einer friedlich-vergnügten, arg- und harmlosen Menschheit, die sich ohne Leistungsdruck und gesetzlichen Zwang höchst unbefangen bewegte. »So tex couches cum ge devise, s'entre acoloient et baisoient cil cui li geud' Amors plaisoient.«

So, mein ich, lagen sie beisammen
und taten zärtlich miteinander,
wenn sie das Spiel der Liebe eben freute.

Keiner neidete dem anderen; in diesem Klima kindlichen Urkommunismus war alles in Butter. Dann freilich trat die Wende ein. Jupiter erschien und veränderte die Szene, von seiner Vatergestalt ging Böses aus. »Cil commenda partir la terre, dont nus sa part ne savoit querre, et la devisa par arpens.« Er befahl, die Erde zu teilen, er dividierte sie in Joch und Morgen. – Und prompt beginnen Neid und Eigennutz um sich zu greifen, »Chacun doit avoir envie«, und jeder wird eines jeden Feind, »li plus fort le plus fieble robe«: der Stärkste plündert den Schwächsten, die Anarchie ist perfekt, die Welt zur Hölle geworden.

Clopinel führt weiter aus: Der durch Begehrlichkeit und Raffsucht verderbte Mensch beginnt, sich die Erde untertan zu machen, er gräbt nach Metallen und edlen Steinen, schmückt sich mit schönen Kleidern, treibt entnervenden Luxus. – Freilich, es bleibt nicht lange bei allgemeiner Zügellosigkeit. Um das Überborden asozialer Instinkte zu steuern, schreitet man zum Akt der Selbstorganisation. Es wird ein *contrat social* gestiftet, es wird Herrschaft begründet. »Cy povez lire sans desroy, comment fut fait premier roy. Ung grant vilain entr'eus eslurent« Hier könnt ihr lesen ohne Umschweif, wie's zuging bei der ersten Königswahl. Einen großen Lümmel haben sie erkoren, den knochigsten und gröbsten weit und breit, den ungeschlachtesten: ihn machten sie zu ihrem Fürsten und ihrem Herrn. Dafür mußte er geloben, sie zu beschützen.

Eine seltsame Deutung der Königswürde in einem Zeitalter des Gottesgnadentums, und Clopinel hört nicht auf, auf ihren suspekten Ursprung hinzuweisen: »Malice, qui fu mere des seignories, dont la franchise sunt peries ...« Bosheit war die Mutter aller Herrschaft, an ihr ging die Freiheit zugrunde ...

Was schlimm begonnen hat, kann begreiflicherweise auch nur zu einem schlimmen Ende führen, und die Welt, in der Clopinel lebt, erscheint ihm denn auch in den düstersten Farben. Mag man in der benachbarten Sorbonne auch von den pulchri ordines sprechen, von den schönen Ordnungen, die der Schöpfung zugrunde liegen und weder vom Sündenfall der Ureltern noch von den Fehlern und Lastern der lebenden Menschheit zugrunde gerichtet werden können; mag die Kirche die Lehre von der Harmonie nicht nur der Natur, sondern auch der

Stände verkünden: an der Spitze der gottgewählte, gottgewollte König, dann Geistlichkeit und Adel als dessen Stellvertreter, unten die breite Basis der laborantes, der fabri et agricolae, Handwerker und Bauern; mögen die christlichen Zeitgenossen in diesen ordines und Stufungen der Gesellschaft eine Art Garantie für die Dauerhaftigkeit der kosmischen Harmonie erblicken: Ihm, Clopinel, imponiert das nicht. Er ist immun gegen jederlei affirmatives Strukturbewußtsein.

Die hochgelobten Stände der Ritter und der Geistlichen – für ihn sind sie nichts als Räuberbanden, die sich bereichern, wo sie können. Und gar die Könige! Seht sie doch an, diese armseligen Puppen! Worin besteht ihre Macht? Im Gehorsam ihrer Untertanen. Darum umgeben sie sich mit Wächtern und Bütteln. Keiner von ihnen regiert kraft heiliger Rechte und jeder nur kraft der Furcht, die seine Garden verbreiten. Was gar die Orden betrifft, die Bettelmönche vor allem: faules Gesindel, elende Heuchler. Zur Arbeit sollte man sie treiben. Arbeit ist besser als Gebete. – Zum Teufel auch mit Richtern und Adeligen. Jene sind für klingende Münze zu jeder Rechtsbeugung bereit, diese haben nichts im Sinn als Jagd und Schmausereien. Dreimal pfui aber über die Kaufleute, die Geld und Gold zusammengeiern, ohne daran zu denken, daß doch alles allen gehören sollte. Pfui freilich auch über die Weiber, die – statt Lust und Liebe zu gewähren – nur darauf aus sind, sich zu putzen und die Säckel ihrer Liebhaber zu leeren. Nichts hält Clopinel von Scham und Keuschheit. In ihnen erblickt er nur eine Vergewaltigung der Natur. Auch die Ehe sei Unnatur, auch sie verstoße gegen das Gesetz, unter dem das Goldene Zeitalter stand. Nonsens sei die Forderung nach Treue. Die Natur kenne nur e i n Gesetz: Es lebe das Leben!

So wettert und poltert, doziert und pöbelt Clopinel von Vers zu Vers, von Gesang zu Gesang, von Abschweifung zu Abschweifung, denn dazwischen muß er ja auch das Hauptthema seines Riesenepos ein Stück vorwärts bringen, den Roman der Rose, er muß seinen allegorischen Figurenpark von einer Aventure zur anderen bewegen, von einer Intrige zur nächsten. Aber gleich ist er wieder bei anderen Dingen, angelesenen und selbsterfahrenen: Da gibt er eine Lektion in Planetenkunde, ganz nach Vorbild antikischer Tradition; auch auf Kometen kommt er zu sprechen und wundert sich: Da gebe es Leute, die meinen, das Erscheinen eines solchen Schweifsternes kündige den Tod eines Fürsten oder Königs an; aber nein doch, ihr Dummköpfe, was kümmern sich die Sterne um die Gekrönten? Ist so ein Mächtiger einmal tot, so ist sein Leichnam auch nicht mehr wert als der eines Hundes.

Und wieder und wieder geht es über die Geizigen, die Reichen, die Stolzen her. Dann aber ändert sich Clopinels polternder Ton: er wendet sich den Armen zu, den besitzlosen ›*ribauds*‹ von Paris, Hilfsarbeitern und Proletariern (wie wir heute sagen würden). Bei ihnen geht ihm das Herz auf.

»Mains ribauds ont des cuers si baus
portans sac de charbon en grieve
que da poine riens ne lor grieve:
qu'il en pacience travaillent«

Unverzagt sind die armen Teufel, wenn sie ihre Kohlensäcke schleppen, geduldig und ohne Murren sich abrackern, und nennen nichts ihr eigen als einen kleinen

Dudelsack. Die paar Groschen, die sie sich verdienen, die hauen sie in der Taverne auf den Kopf, ehe sie wieder zur Arbeit laufen. Doch redlich verdienen sie ihr Brot.

So singt Clopinel seine Idylle auf den Armen – in einer Zeit, die für den einfachen Mann nur Spott und Hohn übrig hat, er singt gegen eine ritterliche Literatur, in der jener nur als der Vilain, der Häßliche, das scheußliche Halbtier figuriert. »Le vilain fait la vilonie.«

Für Clopinel ist er der Gerechte, der letzte versprengte Sohn einer goldenen Urzeit.

Clopinel ist ein Mann weniger dürftiger, aber strenger Prinzipien: ein sittenloser Puritaner, denn er haßt Schönheit und Luxus; ein galliger Idealist. Er glaubt, wie so mancher Aufklärer späterer Zeit, die Geschichte durchschaut zu haben als ein Räderwerk von Egoismen, Gewalttätigkeiten und Heuchelei. Clopinel verachtet die Menschen, aber liebt, wie jeder, *fast* jeder geeichte Revolutionär, die Menschheit. Wenn er, dieser Clopinel, über sein Schreibpult gebückt, das Wort EGALITÉ zu Papier bringt, dann zittert der Federkiel in seiner Hand, sein Herzschlag dröhnt, und vor seinen gegen den brennenden Kienspan blinzelnden Augen fließen formlose Lichtschwaden, feurig durchzuckt, wie eine noch ferne, sehr ferne, zwischen Gewittern brauende Morgenröte.

Zweifellos: dieser Clopinel war ein Vordenker, Vor-Schreiber, Vor-Reiter einer Bewegung, die sich erst fünf Jahrhunderte später in einem gewaltigen Ausbruch formulieren, in Fakten umsetzen und schließlich durchsetzen konnte.

Wie bekam es diesem Autor, daß er seiner Zeit um eine so ungeheuere Spanne voraus war? Hat man ihn nicht vor Gericht gestellt, verketzert, verbrannt?

Nichts davon vermeldet die Geschichte. Sein Werk aber, dieses böse, gallige und zum Aufruhr aufreizende Werk eines Gerechtigkeitsfanatikers, wurde verbreitet. Es wurde in den Schlössern gelesen, am Hof – und wohl auch in Klöstern. Es erfreute sich bald wachsender Beliebtheit. Noch heute gibt es allein in Frankreich zweihundertfünfzig handgeschriebene Exemplare, und nach der Erfindung des Buchdrucks erreichte es in zwei Jahrzehnten elf Neuauflagen.

Ein Bestseller also, jahrhundertelang.

Begriff niemand von seinen vornehmen Lesern, was da – in einem ersten Ansatz – vorausgedacht, imaginiert und vorweggenommen wurde? Spürte kein Höfling, kein Herzog und keine der zarten Damen, was da hinter diesen Versen heraufzog: die Verkündigung eines contrat social, die Verherrlichung einer idealen egalité, ja, des Königsmordes? Hieß es doch wörtlich darin: »Sollte aber der König nicht taugen, nur kein Federlesens gemacht, Kopf ab und basta.« Nein, niemand hörte aus Clopinels Rosenroman schon den Schinderkarren zur Guillotine rumpeln.

Vermutlich galt das Buch als harmlose Invektive vor allem gegen die Frauen, die Bettelorden, als amüsante Lektüre kräftig obszönen Einschlags, denn Clopinel hat das erotische Symbol der Rose, das Guillaume de Lorris in zarten Andeutungen romantisch-sublimativ ins Spiel gebracht, gründlich ausgeweidet und zu penetranter Eindeutigkeit ausgewalzt.

Das wußte man ihm zu danken, in Schlössern, am Hof, wohl auch in reichen Abteien. So blieb der soziale Sprengsatz unbeachtet, dafür umso wirksamer.

Das Beispiel des Rosenromans ist, scheint mir, ein

Modellfall, ein Modellfall dafür, daß große Ereignisse weitverzweigte Wurzeln haben. Sie reichen zurück über Jahrhunderte.

2. Der König

Am 14. Juli 1789 wurde, wie allgemein bekannt, die Bastille in Paris erstürmt. Damit nahm das große Ereignis seinen Anfang. Alle Welt begriff, daß sich damit etwas Außerordentliches begeben hatte, nur der, den es am meisten anging, den es am meisten hätte angehen sollen, der König von Frankreich, schrieb am Abend des 14. Juli in sein Tagebuch ein einziges Wort: *Rien.* Nichts. Nichts los an diesem Tag.

Nichts, was der König bemerkenswert gefunden hätte.

Wie man weiß, hat Ludwig den Tag mit seinem Gefolge auf der Jagd verbracht.

Möglicherweise so:

Ludwig hatte heute noch nichts erlegt. Das kam selten vor. Heute lief alles schief: Ein prächtiger Zehnender war ihm echappiert, einem von der Meute gestellten Bären hatte ein anderer Jäger den Fangstich gegeben. In Ludwig regten sich Ungeduld und Ärger. Er ritt schneller als sonst, überholte die Queue und war plötzlich an der Spitze der Jagdgesellschaft. In einem Hohlweg hängte er sie ab: er lenkte nach links über die Böschung, dann noch einmal nach links, so ließ er sie hinter sich vorüberdonnern: ein Einfall zuerst des Überdrusses, dann der Schadenfreude. Jetzt konnten sie ihn ja suchen! Er stellte sich vor, was geschah, wenn sie merkten: Sie hatten ihn, den König verloren; wie sie suchten, riefen, brüllten, Befehle gaben, Vorwürfe kreischten, Drohungen knurrten. Ludwig gönnte es ihnen. Seine Laune schnellte empor. Er kicherte. Kichernd ritt er noch schneller, weglos, waldein.

Der Wald, Buche mit schütterem Unterholz, war dicht und dunkel. Da und dort ein sumpfiger Graben.

Es war heiß und schwül.

Ludwig genoß es, daß er allein war. Er war sehr selten allein. Es gefiel ihm, daß niemand hinter ihm her war, daß niemand ihn ansprach, ihm schmeichelte, Ratschläge aufdrängte. Niemand war neben ihm, der ihm ein Riechfläschchen, ein Schnupftuch, eine Pastille reichte. Plötzlich bemerkte Ludwig, daß er auch ohne Waffe war. Wenn jetzt ein Wild vor ihm auftauchte, mußte er es laufen lassen. Ludwig staunte, daß ihm nicht einmal dieser Gedanke die Laune verdarb.

Nach einer Weile hielt er an und lauschte hinter sich. Er glaubte Jagdhörner zu vernehmen, und ganz in der Ferne rufende Stimmen. Jaja, sie riefen nach ihm, sie bliesen Signale. Ludwig lachte laut auf und ritt noch einmal weiter. Der Wald wurde noch dunkler und dichter. Die Gräben vertieften sich. Einmal stolperte das Pferd und hatte dann Mühe, über eine sumpfige Stelle zu kommen.

Ludwig fing an, an seinem hohlen Zahn zu saugen. Er begann darüber nachzudenken, wie dieses Abenteuer enden sollte. Irgendwann einmal mußte er sich ja von den anderen finden lassen. Er wußte nicht mehr genau, aus welcher Richtung er gekommen war. Vielleicht sollte er das Pferd laufen lassen, wohin es wollte. Vielleicht fand es den Weg allein zurück. Es war ein sehr edles Pferd, das einzig würdige, den König zu tragen, so hatte man ihm, Ludwig, versichert. Aber irgend jemand hatte ihn auch gewarnt: Das Pferd sei so hochgezüchtet, daß es vollständig verdummt sei. Ludwig hatte die Warnung nicht beachtet. Jetzt fiel sie ihm wieder ein. Etwas wie Mitleid ergriff ihn mit dem hochgezüchteten und verdummten Tier. Er fing an mit ihm zu sprechen und tätschelte seinen Hals.

Da vernahm er ein fernes Pochen.

Ludwig versuchte auszumachen, woher es kam. Das Pochen war langsam, aber stetig. Nach einer Zeit setzte es aus. Dann pochte es weiter. Es klang, als wenn ein einzelner Mann einen Baum fällen wollte. Ludwig ritt auf das Pochen zu. Er erinnerte sich, daß es verboten war, in den königlichen Wäldern Bäume zu fällen, wenn der königliche Hof seine Jagden abhielt. Schwere Strafen waren Zuwiderhandelnden angedroht, vielleicht sogar der Tod.

Trotzdem ritt Ludwig auf das Pochen zu.

Auf einmal war es ziemlich nahe.

Der König stieg ab und band das Pferd an einen abgebrochenen Schaft. Zu Fuß ging er weiter. Unwillkürlich trat er leise auf.

Hier war das Unterholz dicht und verschlungen. Aber schon schimmerte helles Grün herein. Dort öffnete sich eine Lichtung. Inmitten einer runden, grasigen Fläche stand eine alte, gewaltige Esche. Sie war es, gegen die die Axt schlug.

Ludwig wand sich durch das Dickicht. Ein dumpfes Gefühl hielt ihn davon ab, sein Versteck zu verlassen und sich zu zeigen in Gold, Weiß und Scharlach, wie er gekleidet war. Nun sah er auch den Mann, der auf die Esche einhieb. Er war ein riesiger Kerl in braunen Lumpen, zottelhaarig, dunkelbärtig, mit nackter Brust. Breitbeinig stand er da und holte aus, die Schneide blitzte, ehe sie ins Holz fuhr. Doch der Baum stand noch ruhig, weithin schattend, unermeßlich stark.

Ludwig wartete. Er hatte alles vergessen: die Jagd, das Pferd, den Ritt durch den Wald und welchen Streich er gespielt hatte. Er spürte ein Frösteln, das Frösteln der Spannung. Die Wucht der Schläge war so gleichmäßig wie wütend. Trotzdem glaubte Ludwig nicht daran, daß sie den Baum fällen könnten.
Auf einmal setzten die Schläge aus. Der Mann mit der Axt umkreiste den Baum. Er schien seine Höhe zu mustern, seinen Stamm zu messen. Ludwig bemerkte, daß der Stamm nicht nur an einer Stelle angehackt war. Der Mann kehrte zu seiner Arbeit zurück, er schlug wieder, doch nicht mehr mit voller Kraft. Ludwig dachte: Was hat er? Ist er nun doch müde geworden? An eine Gefahr dachte er noch nicht. Da sah er den Mann mit geschultertem Beil rasch nach hinten verschwinden. Die alte Esche stand einige Sekunden allein in der Lichtung. Plötzlich geriet etwas an ihr in Bewegung, so als drehte sich ihre Achse. Zugleich war ein hartes Reißen zu hören, dann ein furchtbares, berstendes Krachen. Ludwig warf den Kopf in den Nacken. Hoch über ihm breitete sich die Krone, eine Kuppel aus Laub. Ein Schauern lief durch sie hin, das Schauern begann zu rauschen, zu rütteln, es wurde größer, dunkler, immer größer dunkler näher, der ganze Himmel über Ludwig war die stürzende Krone, und unter ohrenbetäubendem

Brausen, Donnern und Bersten fegte sie mit peitschenden Ästen quer über die ganze Lichtung und neben ihm zu Boden. Ludwig lag platt in den Brombeerranken, das Gesicht in den Mulm gepreßt. Er begriff kaum, daß er noch lebte. Nach einer Weile leckte er sich das Blut von den zerkratzten Lippen. Dann begann er lautlos hechelnd vor sich hinzuweinen.

Kurz darauf wurde er gefunden. Seine Jäger hatten das Pferd entdeckt.

Nach Versailles zurückgekehrt, versah Ludwig sein Tagebuch mit einer kurzen Notiz. Er schrieb: Mardy, le quatorze juillet – und dazu: R I E N .

3. Unverzeihlich

Ich bin in der Rheinpfalz bei Bekannten zu Gast. Das Dorf besteht aus einem Dutzend Häuser, sie sind der Straße entlang aufgefädelt, jeder schaut jedem in den Kochtopf hinein. Meine Gastgeber reichen mich bei ihren Nachbarn herum, bald kennt mich jedermann, hier ist das Dorf wirklich noch eine große Familie.

Nur ein Haus wird gemieden. Aus diesem Haus kommt weder Besuch noch geht man dahin auf Besuch, man schlägt einen Bogen darum, man schaut gar nicht hin.

Das Haus sieht etwas verlottert aus, dennoch gefällt es mir, umbuscht und grünbewachsen, mit leckem Dach über altem Fachwerk. Ich will hingehen und es mir ansehen. Kaum hab ich diese Absicht geäußert, verbreitet sich betretenes Schweigen unter meinen Gastgebern. Endlich erhebt die Großmutter im Winkel ihre knarrende Stimme: »Da gehst mir nit hin. Sind schlechte Leut dort, ganz schlechte Leut.«

»Das kannst auch nit sage«, widerspricht der Sohn. »Habe sie dir mal was Schlecht's getan?«

»Wär ja noch schöner, wenn die mir was Schlechts getan hätten«, erwidert die Mutter. »Aber mit dene Leut kann man sich nit vertrage.«

»Wer redt denn von Vertrage?« sagt der Sohn. »Ich mein ja nur, daß die auch nix dafür könne, was da mal passiert is. Und ist ja wirklich auch schon lange her.« Er hält inne, als rechnete er etwas nach, und dann, sich auf den Schenkel schlagend: »Meiner Seel', sind ja auch schon bald zweihundert Jahr!«

Zweihundert Jahre! wundere ich mich und denke: Vielleicht hat ein Massenmörder in diesem Haus gelebt – oder was könnte sich denn sonst so Entsetzliches darin zugetragen haben, daß man es zweihundert Jahre lang nicht verzeiht? – Nun will ich Klarheit. Nur widerwillig rückt der Sohn endlich heraus:

»Ja, wisse Sie, da war so a Mädle in dem Haus – und war zu Straßburg und hat sich dort a Geld verdient, ich brauch ja nit zu sagen wie ... Das is's ja nit, das kommt ja öfters vor, wer wills verdenke? Aber – wie dann die Revolution kommen is, die Französische, da habe sie doch das Mädle auf den Altar gestellt im Straßburger Münschter, *splitternackt, als Göttin der Vernunft* – und so a Schand, die kann man nit vergesse.«

4. Chinesische Weisheit

Rot-Chinas langjähriger Ministerpräsident Tschu-en-lei wurde von einem westlichen Journalisten interviewt. Das Interview verlief nicht ganz so, wie es sich der Interviewer vorgestellt hatte. Ihm war es vor allem um begeisterte und begeisternde Antworten zu tun. Statt dessen hörte er Skeptisches. Schließlich kamen sie auf Geschichtliches zu sprechen.

»Aber die Französische Revolution«, rief der westliche Journalist, »war sie nicht großartig, ohne Vergleich?«

Tschu-en-lei hob die Brauen, dann lächelte er höflich. »Ich fürchte«, antwortete er, »es ist noch zu früh, sie zu beurteilen.«

Kakanische Anekdoten

1. Wahre Bildung

Die Rekruten der k. u. k. Armee wurden nicht nur im Exerzieren und Griffeklopfen gedrillt, sondern auch im Lesen, Schreiben und Rechnen unterrichtet.

Soeben wird irgendwo in einer ungarischen Garnison so eine Rechenstunde abgehalten. Als Hospitant ist zugegen ein Offizier der befreundeten deutschen Armee, ein Preuße. Der Ausbilder fragt: »Rekrut Janos, sag Er mir: Wieviel ist acht mal acht?«

Janos' Antwort kommt wie aus der Kanone geschossen: »Zu Befehl, Herr Hauptmann, acht mal acht ist achtundachtzig.«

Der Ausbilder scheint zufrieden, alle scheinen zufrieden, nur der deutsche Gast gibt Zeichen des Protestes.

Darauf der Ausbilder: »Aber bitt scheen, Herr Kamerad, erstens treiben wir hier nicht höhere Mathematik, zweitens tun wir hier nicht Haare spalten.«

2. Kopf oder Wappen

Doktor Nußbächer in Kronstadt ist ein leutseliger Mann. In seine Ordination kommen nicht nur seine deutschen Mitbürger, es kommen auch Rumänen und Zigeuner;

unter den Zigeunern auch Karczi, Primasgeiger der lokalen Zigeunerkapelle.

Karczi kommt nicht nur, wenn er krank ist, er kommt auch sonst einmal, wenn ihn der Schuh drückt.

Eines Tages ist er wieder da, feierlich-verlegen. Er hat seinen Geigerfrack angezogen, sogar ein frisches Hemd, seine Stiefeletten sind gewichst, sein blauschwarzes Strähnenhaar trieft von Pomade. Er muß etwas Besonderes auf dem Herzen haben! – »Also, Karczi, was ist los mit dir? Heraus mit der Sprache!«

Karczi legt seine schmelzendste Platte auf: »Wenn der Herr Doktor so gietig wären – hob ich geheert, hat der Herr Doktor Freind in Wien, hob ich geheert, hat Freind von Herrn Doktor Kaffeehaus und hat, hab ich geheert, Zigeinerkapelle in Kaffeehaus.«

»Na, und was weiter?«

»Hat sich Karczi gedacht, bitte scheen und nix für ungut, möchte Karczi spielen in Kaffeehaus, möchte spielen scheenste Musik, wenn der Herr Doktor so gietig wären und empfehlen mechten den Karczi?«

Dr. Nußbächer wundert sich. Der Karczi hat hier in Kronstadt eine hübsche junge Frau, und er hat auch sein gutes Auskommen, was will er so plötzlich in Wien?

Darauf Karczi unter neuen Bücklingen: »No, mechte sehen Karczi große Wienerstadt – und was die Hauptsache wäre, nix fir ungut, mechte Karczi einmal auch sehen den *Kaiser!«*

Aha, den Kaiser! Das ist natürlich ein Grund. Dafür hat Dr. Nußbächer Verständnis. Nun gut, er wird den Karczi empfehlen. – Die Sache läuft, der Freund ist einverstanden, Karczi wird engagiert, fährt nach Wien, geigt dort ein halbes Jahr. Dann kommt er zurück.

Er meldet sich bei Dr. Nußbächer, man weiß doch, was sich gehört, auch ein Zigeuner muß sich bedanken. Wieder hat er seinen Geigerfrack angezogen, wieder hat er ein frisches Hemd, geputzte Stiefeletten, und eine halbe Büchse Pomade im Haar.

»Na, da bist du ja wieder, Karczi! Wars schön in Wien?«

»Zu dienen, Herr Doktor, ja, es war scheen.«

»Und hast du den Kaiser gesehen?«

»Hab ich gesehen den Kaiser, jawoll!« Die Antwort klingt reichlich trocken. Dr. Nußbächer wird aufmerksam. »Na, und? Hat er dir nicht gefallen?«

»Natierlich hat mir Kaiser gefallen, Herr Doktor, särr gefallen – is sich ein scheener Herr, ein fainer Herr. Aber, Herr Doktor, ist sich ja doch nur ein Mensch wie Sie und ich!«

»Natürlich ein Mensch. Wie hast du ihn dir denn vorgestellt, Karczi?«

»No, Herr Doktor«, antwortet Karczi, und seine schwarzen Zigeuneraugen sind voll Trauer, »hab mir Kaiser doch eher vorgestellt wie *Doppeladler*.«

3. Umschwung

»Es ist halt schon ein Jammer«, klagt ein Liberaler um 1900, »ein wahrer Jammer mit der breiten Maße des Volkes. Man kann tun, was man will: Es bleibt indolent, untertänig, hat keinen Schimmer von Bildung.«

»Diesen Eindruck habe ich aber nicht«, antwortet die

Dame. »War ich doch neulich wieder in Wien, in der Josephstadt, und suche das Tulpengasserl und finde und finde es nicht. Ich bin schon ganz verzweifelt, da wende ich mich an einen Droschkenkutscher: Sagen Sie mal, wissen *Sie,* wo das Tulpengasserl ist? – Schaut mich der Mann ganz eisig an von seinem Kutschbock und sagt: ›Hearn's, was geht den *Sie* des an, was i waß – und überhaupt! Bittschön sagt man, Sie *Trampel!*‹ «

Ökumenisch

Ein einziger Papst liegt in Deutschland begraben. Es ist Clemens II: Er lebte kurz nach der Jahrtausendwende, als sich das Abendland schon anschickte, das Heilige Grab zu Jerusalem zu erobern und die Ungläubigen, die es besetzt hielten, mit Stumpf und Stiel auszurotten.

Dieser Papst starb in Bamberg und wurde dort bestattet. Bei einer gründlichen Restaurierung des Domes sollte sein Sarkophag geöffnet und auf seinen Inhalt untersucht werden.

Man hatte dazu auch Experten für alte Textilien geholt, denn man nahm an – mit Recht, wie sich's später herausstellte –, daß man den Leichnam des Papstes nicht nackt, sondern in dem kostbarsten aller damals greifbaren Prunkgewänder begraben habe.

Und richtig: als man den schweren steinernen Deckel aufhob, fand man auf den letzten noch nicht zu Staub zerfallenen Gebeinen eine dunkle baumrindenartige Masse, die die vermoderten Reste von oben bis unten umschloß. Vorsichtig löste man die Masse ab und übergab sie den Experten zu weiterer Behandlung. Sie legten sie in destilliertes Wasser und weichten sie auf und wuschen und wuschen in immer wieder erneuerten Wässern und mit den zartesten Mitteln. Allmählich entfaltete sich die schwärzliche Rinde zu einem weiten weißlichen Gewebe und das Gewebe zu einem hauchdünn genetzten, bestickten Schleier arabischer Arbeit der köstlichsten Art. Und der ganze Schleier war mit immer denselben Schriftzeichen wie mit erlesenen Ornamenten durchwirkt.

Nun holte man neue Experten, solche nämlich für altarabische Schrift, und legte ihnen das Prunkstück vor, und sie entzifferten, was da stand und worin die Leiche des Papstes so lange eingehüllt gewesen war, und es lautete:

Allah ist groß, Allah ist groß, Allah ist groß ...

Merk's, Austria!

Dort liegt in gebirgiger Gegend eine der Hochstätten des Geistes ... Regelmäßig werden hier große Feste abgehalten, sie bestehen aus Zeremonien, Dramen, Musikwettbewerben, Gymnischen Spielen und aus den ebenso glanzvollen wie kostspieligen Inszenierungen von Tragödien und Kommödien.

Alle rundum liegenden Staaten senden dazu ihre Abordnungen.

Die Bewohner des Ortes leben ausschließlich vom Fremdenverkehr, von der Herstellung von Devotionalien, als Personal der Pilgerherbergen und als Verkäufer von Andenken. Sie werden Parasiten des Apollon genannt und sind als habgierig, faul und eitel verrufen.

(Pausanias über das griechische
Heiligtum Delphi,
175 nach Christus)

Beschimpfung

Kaiserin Maria Theresia gehört zu den glänzendsten Leit- und Gallionsfiguren des alten und auch des neueren Österreich. Selbst die kritischsten Köpfe lassen sie cum grano salis gelten und verzichten darauf, ihr viel am Zeug zu flicken.

Freilich: es war nicht immer so.

In den zwanziger Jahren – Blütezeit des strikten Austromarxismus – kamen zwei Wiener Hausmeisterinnen vor den Kadi. Sie hatten Streit miteinander, und die eine fühlte sich von der anderen aufs schwerste beleidigt.

»Hearns, Herr Rat«, sagte sie, »mir hätts ja nix ausgmacht, daß sie mich a Mistviech genannt hat und eine Sau. Aber dann hats mir *Maria Theresia* nachg'schrien – und dös, dös war mir zviel.«

Der Richter zuckte die Achsel und sprach die Beklagte frei. (Er muß ein bourgeois gewesen sein!)

Spanisches Hofzeremoniell

Der große Regisseur wohnte höchst prunkvoll in dem großen schönen berühmten Schloß.

Da er ein wirklich großer Regisseur war, führte er Regie bei allen Anlässen.

Seine Gäste wurden immer stilgemäß empfangen, bewirtet, beherbergt und entlassen.

Eines Tages hatte sich ein Mitglied des ehemals regierenden Erzhauses, ein Erzherzog, als Gast angesagt. Der große Regisseur wollte dem Erzherzog zeigen, daß er ihn auch in der Tat erzherzoglich empfangen konnte. Er studierte das Spanische Hofzeremoniell und alle seine Vorschriften.

Der Abend verlief glänzend. Als der Erzherzog gegen Mitternacht den Wunsch äußerte, sich in sein Zimmer zurückzuziehen, erloschen alle Lichter.

Sechs livrierte Diener traten ein, sie hielten brennende Fackeln und formierten eine Gasse, denn nach Spanischem Hofzeremoniell hatte das Zubettgehen eines Erzherzogs mit nicht weniger als sechs Fackelträgern zu erfolgen. Der Erzherzog wußte nicht recht, wie ihm geschah. Er zögerte und blickte unsicher herum, von den Fackelträgern zum Hausherrn und von ihm zu dem erloschenen Luster an der Decke.

»Ah ja«, sagte er dann, »jetzt versteh' ich: *Ihr habt's an Kurzen.*«

Erstklassiges Lokal

Wir waren – nach Jahren wieder einmal – bei Tomaselli in Salzburg, und es gefiel uns dort wie eh und je. Da war noch dieselbe alte Vertäfelung der Wände in rotem Mahagoni, dasselbe gemütlich verschnörkelte Mobiliar, derselbe vorzügliche Kaffee, die gleichen knusprigen Kipfel; derselbe höfliche Ober, dasselbe liebe, ein bißchen verzopfte, nobel beklopfte Salzburger Publikum. Wir dachten: Wieviel hat sich doch verändert auf der Welt und auch in dieser Stadt, aber der Tomaselli, der Tomaselli ist immer noch wunderbar.

Als der Ober zum Kassieren kam, wollte ich ihm ein Kompliment machen. »Sagen Sie mir, Herr Ober, wie stellen Sie es nur an, daß Sie immer noch ein so erstklassiges Publikum haben?«

Der Ober lächelt geschmeichelt und verbeugt sich, er verbeugt sich noch einmal tiefer für unser Trinkgeld, wir stehen auf und wollen gehen.

Draußen regnet es in Strömen.

Wir suchen unseren Schirm.

Er ist gestohlen.

Unpassende Metamorphose

München lag im Bombenhagel des Zweiten Weltkriegs. Auch das Siegestor wurde getroffen. Die bronzene Siegesgöttin verlor den Kopf und kippte ab. Auch die vier Löwen machten einen Satz und gingen samt der Quadriga zu Boden.

Die Trümmer wurden aus dem Schutt gelesen und in die benachbarte Akademie der Bildenden Künste gebracht. Dort wurden sie in einem Kellerraum gelagert.

Jahre vergingen. Der Krieg war zu Ende, München wurde wieder aufgebaut. Lange Zeit wagte man nicht, das Siegestor zu restaurieren. Schließlich aber hatte sich das bayerische Selbstbewußtsein so weit erholt, daß es sich an das heikle Thema wagte.

Das Siegestor sollte neu gekrönt, Göttin, Quadriga und Löwen sollten wiederhergestellt werden.

Man beauftragte einen Bildhauer, der geköpften Dame einen neuen Kopf aufzusetzen, auch die Löwen zu flicken, die Quadriga von neuem flottzumachen. Man las die Trümmer zusammen und fand sie vollzählig – bis auf eine Ausnahme.

Einem Löwen fehlte das Hinterteil: Schwanzansatz und die darunterliegende Anatomie waren abhanden gekommen. Wer hatte sich an ihnen vergriffen? Man verdächtigte den Hausmeister der Akademie. Der Hausmeister verwahrte sich. Er war ein ehrlicher Mann.

Hatte denn sonst jemand Zutritt gehabt zu dem Keller? Der Hausmeister sagte: Nein. Doch nach einiger Zeit besann er sich: Ja, doch! ein Professor der Schönen Künste habe einmal den Schlüssel entliehen. Der Professor, befragt, verwahrte sich seinerseits. Aber, in die Enge getrieben, gestand er endlich: Es war bald nach dem Krieg gewesen. Ein amerikanischer General hatte ihm den Auftrag gegeben, ihn, den Sieger, zu porträtieren. Natürlich in Bronze. Bronze war rar. Alles war rar.

Der Löwe half aus.

Der Alte

Es geschah in den siebziger Jahren: In einem niederbayerischen Städtchen wurde zum erstenmal ein sozialdemokratischer Bürgermeister gewählt.

Der Mann geht mächtig ins Zeug. In der ersten Gemeinderatsitzung verkündet er, nun müsse alles anders werden. Man müsse alle Probleme aufgreifen, durchdenken, durchleuchten, bis auf den Kern durchforschen, Bewußtsein bilden. Eine lange Rede. Endlich macht er Schluß und setzt sich nieder.

Nun ist der Zweite Bürgermeister an der Reihe. Es ist der alte, abgewählte, der von der Union.

Der steht ganz langsam auf, stützt sich breit auf den Tisch und spricht einen einzigen Satz:

»Dumm werd'n ma sein und nachdenka.«

Verschlimmbessern oder Zwei Beispiele dialektischen Verhaltens

Vom jungen Brecht wurde mir folgende Geschichte erzählt:

Er ging noch zur Schule und war kein eifriger Schüler. Da er sich außerdem durch Aufmüpfigkeit hervortat, geriet er in Gefahr, von der Schule verwiesen zu werden. Immerhin gab man ihm eine letzte Chance. Er sollte in seinem schlechtesten Fach eine schriftliche Arbeit liefern; ihr Ergebnis würde entscheidend sein. Bert schrieb die Arbeit – auf *Nichtgenügend.*

Das junge Genie war ratlos.

Dann fiel ihm ein Trick ein.

Er verschaffte sich rote Tinte von demselben Rot, das der Lehrer für seine Korrekturen benützte. Mit dieser Tinte strich Bert etliche Stellen an, die richtig waren, er kennzeichnete als fehlerhaft, wo ihm kein Fehler unterlaufen war.

Mit dem so präparierten Heft begab er sich zu seinem Lehrer. Schüchtern klopfte er an. Schüchtern legte er das rote Schlachtfeld vor. Ihm scheine, begann er mit ersterbender Stimme, hier sei ein Irrtum passiert, auch hier und auch hier.

Der Lehrer prüfte nach und war bestürzt. Bei Gott! er hatte ja die besten Stellen durchgestrichen!

Hastig griff der Mann nach der Feder. So ungerecht durfte kein Schüler behandelt werden! Er strich das *Nichtgenügend* aus und schrieb eine *Drei* unter die Arbeit.

Gerettet war der schlaue Bert.

Der zweite Fall:

Helene diente bei einer reichen Russin in Berlin. Es war in der Zeit zwischen den Kriegen, es gab viel Not und wenig Arbeit. Helene war eine Perle, tüchtig und stark und, wie man damals sagte, ein Dragoner; rundköpfig, mit gewaltigen Hüften und Armen, so muskelprotzig wie Ringerschenkel. Dazu war sie resolut und beinah immer guter Laune.

Freilich: der Posten bei der reichen Russin war kein Vergnügen. Die Russin war sekkant, launisch, geizig. Ihre Beine waren gelähmt, sie fuhr im Rollstuhl. Jede Woche wurde sie an einem bestimmten Tag von einem Mietauto abgeholt und zum Arzt gebracht; vom Arzt zum Masseur, vom Masseur zum Friseur und Pedikeur. Sonst saß sie in ihrem mit kostbaren Teppichen, silbernen Leuchtern und erlesenen Porzellanen ausstaffierten Zimmern und quälte ihre Helene.

Insbesondere quälte sie ihre Helene damit, daß sie ihr

täglich in den Ohren lag, ja sorglich mit dem Inventar der Wohnung umzugehen und vor allem darauf achtzugeben, daß ein auf einem geschnitzten Taburettchen aufgebautes chinesisches Teeservice keinen Schaden nähme. »Eine jede Tasse«, pflegte sie drohend zu sagen, »ist an die dreihundert Mark wert. Wenn Sie mir *eine* zerbricht, Helene, zieh ich Ihr das vom Lohn ab, und Sie kriegt keinen Pfennig von mir, bis die Tasse bezahlt ist.« Helene verbiß ein Ächzen. Dreißig Mark betrug ihr Monatssalär. Verhüte Gott, daß ihr eins der Dinger zerbräche!

Helene liebte ihre Russin nicht. Sie hatte Gründe, sie nicht zu lieben. Die Russin trug kostbare Seidenstrümpfe. Wenn die Strümpfe den kleinsten Schaden zeigten, warf sie sie weg. Helene fischte sie aus dem Abfall und trug sie selbst. Als die Russin das merkte, schnitt sie die Füßlinge ab. Helene versuchte, die Teile zusammenzuflicken. Nun zerschnitt die Russin die Strümpfe kreuz und quer.

So schwelte ein Haß zwischen Herrin und Dienstmagd.

Eines Tages geschah es dann: Helene war beim Bohnern unversehens an das Chinesenservice gestoßen. Eine Tasse lag in Scherben.

Helene war außer sich. Zuerst versuchte sie das eierschalendünne Porzellan zu kleben. Vergeblich. In der Nacht lag sie schlaflos und wälzte sich in Qualen. Am liebsten wäre sie, erzählte sie später, aus dem Fenster gesprungen.

Da hatte sie einen Einfall.

Noch hatte die Russin nichts von dem Schaden bemerkt. Am anderen Tag wurde sie wieder auf ihre Tour gebracht: zum Arzt, zum Masseur, zum Pedikeur, Coiffeur. In dieser Zeit wollte Helene ihr Vorhaben ausführen. – Endlich war die Russin fort, niemand im Haus. Helene nahm den kräftigsten Besen und ging in den Salon. Sie stellte sich neben das Taburettchen mit dem Service und stieß, sie stieß den Besenstiel gegen die Decke.

Breitbeinig stand sie da, auf breiten Hüften, mit Ringerschenkel-Armen und stieß und stieß aus allen Kräften. Nichts rührte sich da oben über dem Taburett. Endlich zeigte sich ein zarter Sprung. Helene stieß noch einmal, was sie konnte. Da stürzte die Decke ab mit Donnergepolter. Die halbe Zimmerdecke kam herunter, prasselnd.

Helene hatte sich mit einem behenden Sprung in Sicherheit gebracht. Da stand sie in einer Wolke von Staub und rieb sich die Augen: Das ganze Teeservice lag unter Trümmern, zerschlagen.

Als die Russin nach Hause kam, stürzte ihr Helene entgegen und meldete das Malheur: Plötzlich, aus heiterem Himmel sozusagen, sei die Bescherung erfolgt.

Die Russin war hoch versichert. Der Beamte kam und wunderte sich: Ein solcher Fall war ihm noch nie untergekommen. Eine gesunde Decke in einem neuen Haus? Immerhin gab er zu: Es gebe Unbegreifliches. Die Versicherung zahlte.

Auch Helene war gerettet.

Weltruhm

Man plant eine Dokumentation über Lenins Leben. Ein Fernsehteam wird in die Schweiz geschickt, es folgt den Spuren des berühmten Mannes während seines Exils.

Es ist gar nicht mehr so leicht, Leute aufzutreiben, die Lenins Wege gekreuzt haben.

In Zürich findet man eine alte Frau. Lenin hat damals im Hause ihrer Eltern gelebt. Man fragt sie, ob sie sich noch erinnern könnte.

»Ja freilich, freilich«, sagt sie, »der Herr Lenin hat bei uns gewohnt, ich weiß es noch genau: so viele Bücher hat er gehabt, überall sind Zeitungen und Papiere herumgelegen, in der ganzen Wohnung war eine große Wirtschaft. Und immer sind so viele Herren auf Besuch gekommen, mit großen Bärten, und haben die halbe Nacht geredet und haben Lärm gemacht und haben geraucht und schrecklich viel Tee getrunken. Ja, und dann – dann ist der Herr Lenin weggezogen, und *niemand* hat jemals wieder von ihm gehört«.

HERZKLOPFEN

Im Jahre x

Ein Mann und eine Frau sitzen in der leeren Imbißstube auf dem Bahnsteig, allein, die Theke ist unbesetzt, heute wird nicht ausgeschenkt. Die beiden sitzen auf der Eckbank im Winkel, Hand in Hand, die Frau hat den Kopf an die Schulter des Mannes gelehnt. In einer Viertelstunde kommt ihr Zug, ein Zug in östlicher Richtung. Sie wird einsteigen, der Mann zurückbleiben, doch nur für eine Weile, dann hat auch er Anschluß, nach dem Westen. Der Mann und die Frau nehmen Abschied voneinander, Abschied für ungewisse Zeit.

Unter dem berußten Wellblechdach des Bahnsteigs hängt eine Uhr, eine große weiße Scheibe mit schwarzen Zeigern. Jedesmal, wenn die beiden hinblicken, sind die Zeiger ein Stück weitergewandert, haben ein Stück von der Frist abgeschnitten, die ihnen noch bleibt.

»Zwölf Minuten«, sagt die Frau, »jetzt nur noch elf. Dann ist es zu Ende.« »Nichts ist zu Ende«, sagt der Mann, »was zwischen uns ist, kann nie zu Ende sein. Von nun an werden wir immer miteinander leben.«

»Wie das?« fragt die Frau.

»Wohin ich auch gehe«, sagt der Mann, »es wird immer sein, als gingest du neben mir. Jeder Gedanke, den ich denke, wird zu dir hingedacht, jedes Wort, das ich spreche, wird zu dir hingesprochen sein. Das wird bleiben, unaufhebbar, für alle Zeit. Verstehst du nun, was ich damit meine: Wir werden von nun an immer miteinander sein?«

Indessen hat sich der Bahnsteig draußen bevölkert. Ein Dienstmann mit roter Mütze und gelbem Nummernschild schlendert vor der Bude auf und ab. Einmal bleibt er stehen, glotzt durch die Scheibe, sein grobes, vom Winterwind gegerbtes Gesicht verzieht sich zu einem Grinsen. Gleich darauf wird die Einfahrt des Zuges gemeldet. Die beiden haben ihren Platz verlassen, sind hinausgegangen. Schon taucht der Zug in der Ferne auf, nähert sich über das Geflecht der Schienenstränge, kurvt über Weichen, hält an. Die Frau steigt ein, die Tür klappt zu. Sie will das Fenster herunterlassen, es gelingt ihr nicht, sie zerrt an dem Riemen, der den Mechanismus auslöst, viel zu heftig und deshalb ungeschickt, ihre Hände zittern. Da quarrt schon die Ansagerstimme aus dem Lautsprecher: »Bitte zurücktreten, der Zug fährt ab, wir wünschen gute Reise.«

Im Jahre x + 1

In der Bahnhofgaststätte sitzt der Mann, allein an einem Tisch. Ringsum sind viele Tische besetzt, die Leute warten hier ihre Anschlüsse ab. – Der Mann hat ein leeres Blatt Papier vor sich liegen und ein ausgetrunkenes Schnapsglas vor sich stehen. Er winkt dem Ober: »Noch einen!« und kippt dann auch diesen hinunter. Dann schiebt er das Glas von sich und sagt: »Jetzt ein Bier.«

Noch immer liegt das Blatt Papier unbeschrieben vor ihm. Der Mann blickt mit gerunzelten Brauen darauf nieder. Endlich setzt er den Stift an und schreibt: *Liebe* – Da aber stockt er schon, er legt den Stift wieder hin, greift in seine Rocktasche, zieht eine Packung heraus und zündet sich eine Zigarette an. Aus zusammengekniffenen Lidern späht er den Rauchwölkchen nach, die nach oben steigen und, mit anderen alten Rauchschwaden vermischt, einen blaugrauen Dunst unter der Decke bilden.

Der Mann schreibt nicht weiter.

Der Ober hat ihm das Bier gebracht, er trinkt es in kleinen Schlucken, die Neige läßt er stehen, sie schmeckt schon schal. Endlich knickt er den Bogen zusammen und zieht seine Brieftasche, um ihn darin zu verwahren. Dann aber ist ihm auch das noch zuviel. Er reißt das Blatt entzwei, das leere Blatt mit dem einzigen, sinnlos gewordenen Wort: *Liebe,* reißt es noch einmal durch, knüllt die Schnitzel zusammen und wirft sie in den Aschenbecher.

Im Jahre x + 2

Die Frau nimmt Aufenthalt. Sie müßte nicht, sie könnte mit dem Zug, mit dem sie kam, weiterfahren bis zu ihrem Ziel. Aber sie will es so, will eine Stunde bleiben und nun allein das Spiel wiederholen, das ihr einmal vorgespielt worden war, so als sollte es gelten, *unaufhebbar,* für alle Zeit. Die Frau weiß, ihre Rolle ist neu vergeben.

Dennoch betritt sie die Szene, die sie in Gedanken noch nie verlassen hat, den Bahnsteig unter dem Wellblechdach, den Ort des nie verwundenen Abschieds. Sie will die öde, offene Halle entlanggehen, wie sie sie damals ging, heute allein. Sie will auf die Gleise blicken, auf denen sie damals kam und wegfuhr, die Gleise laufen hier paarweise nebeneinander und weiter draußen zu einem Geflecht zusammen, um – noch einmal weiter draußen – in alle Himmelsrichtungen auseinanderzuzweigen. Die Frau will die Uhr sehen, das weiße Blatt mit Ziffern und Zeigern, auf denen ihr die letzte Frist ausgezählt wurde: Endspielminuten, von denen es damals hieß: *Niemals zu Ende*.

Die Frau tritt auch in die kleine Imbißstube ein. Heute ist die Theke besetzt, ein Fräulein hantiert hinter einer Espressomaschine. Die Frau setzt ihr Gepäck ab, an der Theke bestellt sie einen Kaffee. Sie schiebt dem Fräulein eine Münze hin, nimmt ihre Tasse und sucht sich einen Platz. Dann sitzt sie und blickt auf die Eckbank im Winkel. Dort ist es gewesen, vor dieser Wand, vor diesem Stück schwarzbraun gefirnißter Täfelung: *Immer-bei-Dir* und *Nichts-ohne-Dich*, sie hört es heute noch in ihren Ohren klingen, Ton, auf den sie ihr Leben gestimmt hat, sie wird es nie mehr umstimmen können. Für sie ist der leere Winkel drüben nicht leer, Schatten sitzen dort, hingebannt, gespenstische Gegenwart, geisterhaftes Immerdar, weil einmal – damals – frevelhaft als Immerdar beschworen.

Die Frau stützt den Kopf in die Hand, wippt mit dem Fuß. Sie kann den Blick nicht lösen von dem Schattenwinkel, sie könnte aufstehen, hingehen, sich niederwerfen, schreien: Und jetzt?

Dieses Immer-auf-Vergangenes-Blicken, Immer-wieder-Schatten-Berufen, das ist, die Frau weiß es, auch etwas, was der Mann nicht mehr an ihr mochte, ist auch einer ihrer Züge, die der Mann nicht mehr ertrug. Aber sie, sie *ist* eben so und will auch gar nicht anders sein, sie will sich das Recht nicht nehmen lassen, in Erinnerungen zu leben und einen Ort wie diesen mit Schatten zu bevölkern.

Die Frau bemerkt nicht, daß ein Mann neben ihr Platz genommen hat, ein *anderer* Mann. Er ist auf der Fahrt hierher im gleichen Abteil gesessen, sie haben ein paar Worte gewechselt und die Blätter, die sie als Reiselektüre bei sich hatten, ausgetauscht. Er hat ihr dann noch das Gepäck aus dem Zug gehoben, nun sitzt er da und beobachtet sie.

Die Zeit vergeht, die Züge fahren ein und aus. Jetzt nimmt die Frau ihre Börse aus der Tasche und ruft: »Ich möchte zahlen.« Das Fräulein an der Theke blinzelt träge, im übrigen rührt sie sich nicht.

»Warum wollen Sie noch einmal zahlen?« fragt der Mann von nebenan. »Sie haben ja schon längst bezahlt.«

Die Frau wendet den Kopf. »Ach«, sagt sie, »Sie sind ja auch wieder da.« »Die ganze Zeit schon«, antwortet der Mann und lächelt.

»Und sie sagen: ich habe bezahlt?« fragt die Frau. »Habe ich wirklich?« sie hält die Börse noch immer in der Hand. »Ich wußte es gar nicht mehr.«

»Doch!«, sagt der Mann. »Ich habe es gesehen, und ich irre mich nicht.«

Der *andere* Mann und die Frau schlendern Hand in Hand den Bahnsteig entlang. Ihr Gepäck hat der Dienstmann genommen, sie sind unbeschwert, guter Laune, sie fahren zum erstenmal miteinander in Urlaub.

»Was machen wir nun?« fragt der Mann. »Wir haben zwei Stunden Zeit, gehen wir in die Stadt hinein, Bahnhöfe sind trübselig.«

»Finde ich auch«, sagt die Frau, »dir fällt doch immer was Gutes ein.« Sie steigen die Treppe zur Unterführung hinab und die andere wieder hinauf. Da kommt ihnen, ziemlich eilig, eine Person entgegen, sie schwenkt in der einen Hand eine karierte Reisetasche, mit der anderen hält sie sich das Hütchen fest, ein keckes Hütchen mit einer langen Feder. Plötzlich bleibt das Hütchen stehen, faßt die Frau ins Auge und ruft: »Hallo! Sie hier?«

»Hallo!« antwortet die Frau, »das nenne ich aber eine Überraschung.«

Sie schütteln einander die Hände, sie fragen nach woher und wohin. Glatt gehen ihnen die Worte über die Lippen, glatte, rasche, runde freundlich klimpernde Worte, als wären sie einander, nie anders begegnet, nie in derselben Rolle; für die eine war es der Schlußakt gewesen, für das befederte Hütchen ist das Spiel noch im Gang.

Die Frau stellt ihren Mann vor.

»Sehr erfreut«, sagt die Dame mit dem Hütchen, »sehr, sehr erfreut!« und schüttelt auch ihm die Hand. Dabei klirren ihre Armbänder, sie hat drei breite, klirrende Armbänder an jedem Gelenk. So schwatzen sie eine

Weile, nur eine kleine Weile, denn das Hütchen muß sich sputen, gleich wird sein Zug – ein Zug in westlicher Richtung – einfahren.

»Dann: Guten Urlaub!«

»Viel Spaß! Auf Wiedersehen!«

»Wiedersehen!« Das Hütchen stürmt davon.

Die beiden gehen weiter und in die Stadt hinein.

»Was hast du?« fragt der Mann und blickt seine Frau von der Seite an. »Du siehst ja so erheitert aus.«

»Bin ich auch«, antwortet die Frau, sie nimmt seinen Arm und drückt ihn lachend an sich. »Weißt du denn nicht, wer das war? Hast du nicht gehört, wohin sie fährt?«

»Ach *so!«* sagt der Mann. »Jetzt erst begreife ist. Und ausgerechnet *der* müssen wir hier begegnen.«

Sie wandern die Bahnhofsallee entlang, es ist ein schöner Tag, hellbesonnte Wolken treiben vor dem Wind.

»Und bist du sicher, daß sie *dorthin* fährt?« fragt der Mann.

»Ganz sicher«, sagt die Frau. »Sie war ja auch so aufgeregt.«

»Das stimmt«, sagt der Mann, er denkt an die lange Feder und an die vielen klirrenden Armbänder und fügt hinzu: »Ich glaube, zum Schluß hat sie sich ein wenig geniert.«

»Das mag schon sein«, sagt die Frau, »denn Abenteuer sind eben doch nur Abenteuer.«

Der Mann lacht, aber dann wird er ernst. Er geht eine Weile schweigend neben der Frau her. Und schließlich stellt er ihr seine Frage: »Und nun sag mir eins: Tut es noch weh?«

»Weh?« sagt die Frau. »Kein bißchen mehr.« Und sie sagt sogar die Wahrheit, die Wahrheit

im Jahr x + 3

Ein Geständnis

Herr N. und seine Gattin führten ein gastfreies Haus. Sie empfingen Literaten, Maler, Journalisten und eine Menge anderer Leute, die sich gern in solchen Zirkeln bewegen. So tauchte eines Tages Herr Grigorij Kobaridse bei ihnen auf.

Ein seltsamer Name. Ein seltsamer Mann. Er kam aus der Sowjetunion, aus Georgien, Stalins Heimat. Man nahm an, er sei von dort geflohen, aber warum und zu welcher Zeit, wußte niemand, und es war auch nicht aus ihm herauszubekommen. War er geflohen, weil er bürgerlicher oder gar noch vornehmerer Herkunft war? Oder hatte er mit den Deutschen im Krieg kollaboriert? Vielleicht war er nur aus Abenteuerlust, oder gar einer Frau wegen, in den Westen gekommen –? Alles war möglich, nichts gewiß, und wer bei Grigorij Kobaridse auf den Busch zu klopfen versuchte, erreichte nichts. Er seufzte nur Unverständliches, ließ seine Achseln rollen und klappte seine großen wimpernlosen Lider auf und zu. Dazwischen blickten seine schwarzen Kugelaugen so vorwurfsvoll traurig, daß sein Gegenüber befürchten mußte, sie würden sich im nächsten Augenblick mit Tränen füllen. So ließ man lieber von ihm ab und trat den Rückzug an.

Doch, auch abgesehen von dem rätselhaften Hintergrund seiner Person, war er auch sonst eine ungewöhnliche Erscheinung. Von den wimpernlosen Lidern war schon die Rede. Aber auch Kinn und Wangen zeigten bei ihm nicht den leisesten Anflug eines Bartes, selbst die Brauenbogen, deren buschiger Bewuchs für die Angehörigen des georgischen Volkes für typisch gilt, waren bei ihm völlig kahl und nackt. Nur über der buckligen Stirn sträubte sich, rabenschwarz und harthaarig wie eine Pferdemähne, eine Art Scheitelfrisur, die schon auf zwanzig Schritt als Perücke zu erkennen war; sie saß fremd und bizarr über seinen Ohren und hing hinten in unregelmäßigen Stufen stalaktitenartig auf seinen Kragen herab.

Diese Perücke mußte ja der ungeschickteste Perükkenmacher der Welt zusammengepfuscht und Herrn Kobaridse angedreht haben.

Jeder, der ihm begegnete, starrte zuerst die Perücke an. Die Wohlerzogenen wandten die Augen rasch ab, die weniger Wohlerzogenen lächelten oder lachten auch hinter ihm her. Junge Mädchen konnten ein Kichern nicht unterdrücken, und selbst die Trambahnschaffner, in deren Bereich sich doch alles mögliche Volk zusammenfindet, stutzten, wenn sie Herrn Kobaridse als Fahrgast bedienten, was selten genug vorgekommen sein mag, denn Herr Kobaridse zog es vor, zu Fuß zu gehen, so sparte er die Trambahnkarte; Herr Kobaridse war bitter arm.

Dennoch erschien er jedesmal, wenn er im Hause N. auftauchte, mit einer langstieligen Treibhausrose, die er der Gastgeberin mit einer altväterisch ehrfurchtsvollen Verbeugung überreichte. Das geschah so regelmäßig, daß die Freunde des Hauses nicht mehr von Grigorij Kobaridse oder von dem Russen und nicht einmal mehr von dem Perückenmann, sondern nur mehr von der *Rose* sprachen. – Da kommt die Rose. – Da geht die Rose. – Ist die Rose heute noch nicht aufgetaucht? – und dabei feixten sie einander zu, als hätte einer von ihnen soeben einen nicht stubenreinen Witz gemacht.

Eines Tages war Kobaridse verschwunden. Niemand vermißte ihn. Er geriet in Vergessenheit. Auch Herr N. und seine Gattin brachen ihre Zelte ab und ließen sich in der Schweiz nieder.

Dort, in Zürich, stießen sie wieder auf Kobaridses Spuren. Irgendjemand trug ihnen zu, Kobaridse gehe es schlecht, er sei krank.

Sie entschlossen sich, ihn aufzusuchen.

Sie fanden ihn in einem elenden Kämmerchen unter Dach, in einen zerrissenen Schlafrock gekleidet, inmitten eines Wustes alter Zeitungen und verkrusteter Samowars. Er schien am Kopf zu leiden, denn er trug nun statt oder über der Perücke einen riesigen Turban aus weißem Mull, den er mit Klebestreifen auf Stirn und Nacken befestigt hatte. Er war noch hagerer, noch nackt- und gelbgesichtiger als früher und hüllte sich, als sie ihn nach seinen Umständen befragten, in noch rätselhafteres Schweigen.

Als Herr N. und seine Frau weggingen, hatten sie ein schlechtes Gewissen. Sie hatten Kobaridse nichts mitgebracht und ihm nicht einmal ihre Hilfe angeboten, deren er doch so augenscheinlich bedurft hätte. Sie hatten sich geschämt zuzugeben, daß sie sein Elend durchschauten, und trösteten sich nun damit, daß dieser Existenz ohnehin nicht zu helfen sei.

Ohne sich darüber abgesprochen zu haben, waren beide entschlossen, Kobaridse nicht mehr zu besuchen.

Doch einige Zeit darauf erhielten sie von ihm einen Brief.

Sein Ende sei nahe, schrieb er ihnen, und er wolle nicht sterben, ohne ihnen ein Geständnis gemacht zu haben. Er habe sie mit seiner Person immer betrogen, das wolle er gutmachen, da sie die einzigen Menschen gewesen seien, die sich seiner stets mit Güte angenommen hätten.

Herr N. war wie elektrisiert. Er hatte sich in den letzten Jahren immer mehr darauf eingelassen, Zeitzeugen zu suchen, zu befragen und sie anzuregen, ihre Erinnerungen niederzuschreiben. Diese Niederschriften wollte N. in einem Buch vereinigen und hoffte auf eine Sensation. Schon war ihm manches Interessante zugetragen worden, noch suchte er nach dem großen Schlager, der einmaligen Enthüllung, die ein Schlaglicht werfen würde auf die dunkelsten Verwicklungen unseres Jahrhunderts. Nun hoffte er auf Kobaridse. Der feierliche Ton in dessen Brief, die Andeutung eines bis jetzt gehüteten Geheimnisses versprachen viel.

In höchster Eile machte sich N. auf den Weg. Seine Frau mit ihm. Sie dachte eher an die Rosen, die sie von Kobaridse so regelmäßig erhalten hatte, und an seine hinsterbenden Verbeugungen. War da etwa ein Geständnis fällig? So spät es käme, so lächerlich und hoffnungslos es sein würde –?

Aber Frau N. hütete sich, ein Wort in dieser Richtung zu verlauten.

Sie traten bei Kobaridse ein. Er saß in seinem Bett, den weißen Turban auf dem Kopf.

Sie wollten ihm die Hände reichen. Doch er zog die seinen zurück, wie ein Aussätziger, der niemanden anstecken will. Dann griff er nach seinem Turban, riß die Streifen ab und nahm ihn vom Kopfe. Wie erwartet, kam ein gänzlich kahler Schädel darunter zum Vorschein.

Herr N. und seine Frau standen stumm.

Herr Kobaridse hielt ihnen den Turban entgegen. Auf seinem Grund lag rabenschwarz, harthaarig und zerrauft die wohlbekannte Perücke. »Da ist sie!« sprach er mit schwankender Stimme. »Nun wissen Sie alles. Kahl war ich, kahl, mein ganzes Leben lang.« Er knüllte den Turban zusammen und preßte ihn an seine Brust. »Ich habe alle betrogen, alle betrogen«, fuhr er fort, »auch Sie, Sie beide. Ich kann nicht verlangen, daß Sie mir vergeben.«

Herr N. schnappte nach Luft.

Frau N. schlug die Augen nieder. Dann trat sie auf den Kranken zu, um ihn zu umarmen.

Er aber zog das Federbett über den Kopf.

Nach einer Weile hörten sie ihn darunter weinen.

Auf Zehenspitzen schlichen sie hinaus.

Namen

Es gibt Namen und Namen: Solche, von denen Telephonbücher, Einwohnerlisten und Grabsteine wimmeln, und solche, die einem nur einmal im Leben unterlaufen. Was hatten sich die Generationen vor uns mit Karls und Annen herumzuschlagen, mit Josephen und Marien! Wir haben es ja eher mit Helmuten und Sonjas zu tun, nachdem Sigberte und Sigrunen nach kurzem boom jäh abhanden gekommen sind. Doch ein Name war – für mich jedenfalls – ein Unikat.

»Und wie heißen Sie?« fragte ich, als sie sich vorstellte.

»Apollonia.«

»Wie, bitte?«

»Apollonia.«

Gibt es das? *Apollonia*! Das klang ja nach grauer Vorzeit, nach römischen Katakomben und Martyrologium. Und etwas Märtyrerhaftes hatte sie an sich, eine Aura von Demütigung, von Verfolgt- und Geschlagensein. Auch an mittelalterliche Tafelbilder fühlte ich mich erinnert: da kauern doch oft neben Heiligen und Stiftern, klein und zusammengekrümmt, solche Figuren: sie haben Bettlerschalen neben sich, manche halten ein Kind im Arm oder lassen sich ihre Schwären von einem Hündchen lecken. In diesen Gestalten wollten die mittelalterlichen Maler das Elend dieser Welt sinnfällig machen. Auch unsere Apollonia war Elend; *wie* elend, erfuhr ich erst später.

Sie kam zu uns putzen. Pünktlich um sieben stand sie jeden Morgen vor unserer Tür. Wir hatten damals noch keinen elektrischen Herd, geschweige denn eine Zentralheizung. So mußte Apollonia zuerst die Asche aus Herd und Öfen fegen; dann trug sie Holz und schleppte Kohlenkübel. Dann kehrte sie Treppe und Flur. Dann weichte sie die Wäsche ein, dann putzte sie die Schuhe. Am Nachmittag, wenn das Geschirr gespült war, jätete sie den Garten, und dann und wann fand sie noch Zeit, ein Paar Strümpfe zu flicken.

Apollonia war zu jeder Arbeit bereit.

Wenn ich ihr das Essen zuteilte, knappe und höchst bescheidene Mahlzeiten in karger Nachkriegszeit, bedankte sie sich mit strahlendem Lächeln und bellender Stimme, denn Apollonia hatte einen Wolfsrachen. Dazu schielte sie, und ihr Gebiß war ein Ruinenfeld. Aber wenn ich ihr ein Buch lieh, war sie selig. Apollonia war nicht dumm und, in gewisser Weise, war sie sogar ein gebildeter Mensch.

Ihr Mann dagegen –! Ja, ihr Mann! Der kam sie öfters abholen, vor allem, wenn sie Zahltag hatte. Er war ein kleiner, hagerer Kerl, schwarzhaarig, borstig, häßlich. Er sah aus, als hätten ihn Ratten oder Lemuren angenagt, und lemurenhaft war auch sein Beruf.

Er war nämlich Sargträger auf dem Städtischen Friedhof. Ich sah ihn etliche Male seines Amtes walten, in schwarzer Pelerine, mit einem schwarzem, silberbortenbesetzten Dreispitz auf dem Schädel und mit einer Miene, in der sich professionelle Kaltschnäuzigkeit mit schlecht geheuchelter Trauer auf fatal perfide Weise mischte, daß ich eines Tages im Familienkreis entschieden erklärte: Sollte ich sterben, so wolle ich von jedermann, nicht aber und keinesfalls von Apollonius zu Grabe getragen werden.

Apollonius! Der Name hatte sich nämlich bei uns eingebürgert. Apollonias Mann hieß für uns eben der Apollonius, wie er sonst auch heißen mochte! – und der Junge, den sie hatten, ein Adoptivkind, das freilich seinem Adoptivvater verräterisch ähnlich sah, der war für uns der *Kleine Apollonius*.

Die drei wohnten in der Altstadt, in einem uralten turmartigen Gebäude in der Mustergasse. Solche Häuser sehen ja von außen sehr malerisch aus, und jeder Liebhaber alter Bauformen geht mit Recht für sie auf die Barrikaden.

Aber darin zu l e b e n mochte damals, ehe man die Vokabel *Altstadtsanierung* erfunden und die Methode entwickelt hatte, auch aus der düstersten Gespensterburg eine angenehme wohnliche Bleibe zu zaubern, – darin zu leben also mochte in jenen Jahren kein Spaß gewesen sein. Wenn ich Apollonia einmal aufsuchen wollte, mußte ich über eine abenteuerlich gewundene Treppe steigen, über morsche Dielen und unter krummen Gewölben. Ich fand sie in einer winzigen schwarzverrußten Küche am offenen Feuer mit Pfannen hantierend. Fensterlos waren Küche und Kammer, und unter einer elenden Funzel stand eine vorsintflutliche Strickmaschine, wo Apollonia aus ruppiger Trennwolle schäbige Pullover wirkte. Denn auch das mußte sie noch leisten zwischen Putzarbeit und Kochen; Apollonius trieb sie an. Sie mußte schuften.

Leider erschien sie des öfteren bei uns in einem kläglichen Zustand, blaugeschlagen, mit Schürfwunden im Gesicht, mit kahlen Stellen im ergrauenden Strähnenhaar; da waren ihr ganze Büschel ausgerissen worden.

An solchen Tagen war die sonst so fleißige Apollonia zu nichts zu gebrauchen. Sie schwankte beim Gehen, sie keuchte beim Treppensteigen, sie lehnte weinend am Fenster und hielt sich mit einem Schürzenzipfel den bibbernden Mund zu. – Eines Tages vertraute sie mir mit kläglichem Wolfsrachengebell an: Jetzt habe sich ihr Mann eine fremde Frau genommen, die sei jetzt immer mit dabei, er tue ihr schön, kaufe ihr Geschenke; schlage aber sie, Apollonia, umso mehr. Das könne sie nicht mehr ertragen, sie wolle zu ihren Eltern zurück.

Ich wußte, ich würde sie vermissen. Trotzdem konnte ich ihr nichts anderes raten: »Ja, wenn es so ist, dann ist es besser, Sie gehen.«

So fuhr Apollonia ab. Ihre Heimat war in der Steiermark. Ich habe sie niemals wiedergesehen. Dock kurz nach ihrer Abreise erhielt ich einen flehentlichen Brief: Ihr Mann habe sie auf böswilliges Verlassen geklagt. Sie werde schuldig geschieden werden, wenn ich nicht hülfe: ich solle Zeugnis ablegen für sie vor dem Gericht.

Dazu erklärte ich mich bereit.

Es war die erste Gerichtsverhandlung, der ich als Zeugin beiwohnte. Apollonius' Anwalt machte die Frau so schlecht wie möglich. Apollonias Anwalt gab sich keinerlei Mühe. Dann trat ich in den Zeugenstand und erzählte, was eben zu erzählen war.

Ich merkte, der Richter schenkte mir Glauben. Schließlich stellte er mir noch eine Frage: Was denn wohl das Schlimmste an dieser Ehe für die Frau gewesen sei?

Ich überlegte: Die Plage? die Schläge? die ausgerissenen Haare? – Nein. Das Endgültig-Unerträgliche war wohl für sie, daß sie einer Nebenbuhlerin hatte weichen müssen.

Ich wollte mich unmißverständlich, doch nicht grobschlächtig-geradezu ausdrücken: Ich sagte: »Das Schlimmste war wohl für sie, daß ihr Mann auch bei anderen Damen Anwert gefunden hat.«

Der Richter schmunzelte. Bald darauf setzte er das Barett auf, um das Urteil zu sprechen. Er schied die Ehe aus des Mannes Schuld.

Nun aber stiegen *mir* Bedenken auf. Es lag ja auf der

Hand, daß *meine* Aussage den Schuldspruch herbeigeführt hatte. Mußte der Mann nicht wütend auf mich sein? Vielleicht schmiedete er Rachepläne? setzte womöglich mein Haus in Brand –?! Schon kam er auf mich zu –.

Ich erwartete eine wüste Beschimpfung. Aber nein! Er streckte mir, freundlich grinsend, die Klaue entgegen – und *dankte* mir. Er dankte mir, daß ich so *schön* für ihn ausgesagt hätte, und daß ich erklärt habe, er finde auch bei anderen Damen Anwert, das werde er mir nie vergessen.

Das sind nun viele Jahre her. Ich weiß nicht, ob sie noch leben: Apollonia, Apollonius und, was aus dem kleinen Apollinchen geworden ist. Doch immer fallen sie mir ein, wenn ich Namen dieses Klanges höre: Apollodor, Apollinaire, Apollon – Künstler, Dichter, Götter.

Sie alle haben ihre Schatten.

Schenken und schenken ist vielerlei

Was die Leute nicht alles wissen wollen! Immer wieder wird mir die Frage gestellt, was ich vom *Schenken* halte; ob ich gern schenke, ob es mir Spaß macht, ob ich reichlich schenke – oder ob ich dabei sparsam, knausrig, womöglich ein richtiger Geizhals bin. Heikle Fragen. Schon fast ein Verhör!

Was also das Schenken betrifft: Die große Zeit des Schenkens ist vorbei, schon lange. Damals, als das Schenken noch eine prickelnde, funkelnde herzergötzende Freude war: Mit welchen Glücksgefühlen machte man sich auf den Weg zu Freunden, wenn man etwas Besonderes mitzubringen hatte, eine Flasche Wein, einen Riegel Schokolade, eine Seife, die nicht die scheußliche, sandig-kratzende, niemals schäumende Reichs-Einheits-Seife war, oder gar ein Päckchen Kaffee! Wie ungeduldig stürmte man die Treppe hinauf, wie grell ließ man die Glocke schrillen, wie gespannt lauschte man nach dem, der Tür sich nähernden Schritt! Und dann kam der Augenblick, da man dem anderen mitten in die Begrüßung hinein das Mitbringsel unter die Nase hielt: Da, fühl mal! Da, riech mal! Da, schau mal! Kannst du erraten, was das Ding enthält? ›Das Ding‹ – das Päckchen – sah meist armselig aus. Selten gab es den Luxus Seidenpapier. Von Bändchen und Schleifchen und solchem Schnickschnack sowieso keine Spur.

Aber es sollte noch schlimmer kommen. Es gab Zeiten und Zonen, da waren fünf Nägel, ein Endchen Gummiband, eine Handvoll Kartoffeln unbezahlbare Kostbarkeiten und wurden, zum Geschenk gemacht, zu Liebesbeweisen, unüberbietbaren, zu Zeichen der Treue, der Großmut, sogar der Selbstaufopferung.

Ich habe einmal, als ich unterwegs war, in schlimmer Lage helfen dürfen: Eine Frau kam mit ihrem Säugling aus einer in der vergangenen Nacht bombardierten Stadt. Das Kleine lag seither in denselben Windeln, war wundgescheuert und wimmerte vor sich hin. Da verließ ich das Abteil, begab mich auf die Toilette, entledigte mich meines Unterkleids. Das zerriß ich in zwei Teile und gab sie der jungen Mutter; nun konnte sie ihr Kleines wickeln. Als es dann erschöpft und beruhigt einschlief, fühlte ich mich selbst wie neugeboren.

Doch solche Hilfeleistungen in offenbarer Not wurden mir nur selten abverlangt.

Dann kamen ja auch, gottlob, bessere Zeiten, und das Schenken bekam wieder ein anderes Gesicht. Nicht, daß es keinen Mangel mehr gegeben hätte! An allen Ecken und Enden war ja Bedarf. Aber wenn es zuvor nichts gegeben hatte als Trümmer und Dreck, so blinkte jetzt von allen Seiten ein neues, noch nie dagewesenes, nie für möglich gehaltenes Angebot auf uns ein, phantastisch und verführerisch, besonders für uns Frauen. Da gab es zum Beispiel plötzlich diese sogenannten Nylonstrümpfe, hauchdünne und dabei angeblich sogar dauerhafte Gewebe (wir hatten uns doch bisher mit scheußlichem Woll- und Baumwollzeug, hundertfach geflicktem, beholfen). Gleich darauf rauschende Pettycoats, Träume aus Spitzen und Rüschen und säuselndem Geflüster, die von nun an dem ausgepowerten Europa die Teilnahme an überseeischen Wonnen und Überflüssen vorgaukeln sollten.

Ältere Semester entflammten für andere Angebote: »Hast du schon von diesen Dampfdrucktöpfen gehört? Und von diesen neuen Mixern? In zwei Minuten hast du den herrlichsten Schnee! Und das zäheste Huhn so weich wie Butter!«

So schenkte man einander: Man schenkte den Jungen Pettycoats und Bluejeans, den Älteren Dampfdrucktöpfe und Mixer, man schenkte einander Teller und Tassen, Salatbestecke und Papierkörbe, Nachttischlampen und Trockenhauben, Hummerzangen, Zuckerzangen und Zigarettenanzünder, später Heimcomputer; man schenkte einander immer mehr und mehr, auch Reisen, zuerst nur nach Salzburg, dann nach Florenz, dann nach Teneriffa und Hawaii; man schenkte einander sogar

Bücher, glänzende Bildbände reihenweise, schenkte Gesamtausgaben und den Großen Brockhaus dazu.

Ach nein! So dick hab ich's nie gehabt, daß ich die Meinen jemals so üppig beschenken konnte. Ich war eher knapp dran, viel zu knapp für all die Herrlichkeiten, die das Versandhaus anbot. So habe ich mich jahrelang damit begnügt, meinen Kindern und meinen Enkeln Schlafanzüge zu schenken, den Buben Pyjamas mit sportlichem Pfiff, den Mädchen Nachthemden, liebliche, doch ohne ausgesprochenen sexy-touch. Und jedes Stück überlegte ich mir genau.

Freilich wurde mir allmählich klar: Diese Geschenke, Jahr um Jahr ganze Prozessionen von Nacht- und Schlafgewändern (kein Wunder bei fünf Kindern und – bis dato – elf Enkeln) – sie alle haben ihren Ursprung in nichts als in Wunschtraumbildern meinerseits; sie sind nur allzuleicht zu deuten, sind allzu verräterisch für mich, für mein altes, banges Mutter- und Großmutterherz.

Es liegt wohl auf der Hand: Wenn ich mir Sorgen mache um meine Lieben, dann atmen die Sorgen auf in den Stunden, da ich sie ruhen weiß, schlafend, träumend, geborgen. Da liegen sie dann in stillem Wachstum, Wachstum des Leibes, Wachstum vielleicht auch der Seele, an einer Nabelschnur, die tief hinabreicht, sehr tief hinab – wie man sagt? – zu den Müttern.

Ihre Tage hingegen – und was diese Tage ausfüllt: Beruf und Unruhe, Hoffnung, Enttäuschung, Ärger; und bei den Enkeln: Schule und Hobby, erste Liebschaften und Abenteuer – seit kurzem sogar Drachenfliegen –, das alles ist mir eher fremd und fern, schwer durchschaubar und manchmal wie von einem anderen Stern.

Darum möcht' ich sie decken, die Jungen, die Jüngsten, möchte einen Schild vor ihnen aufrichten, eine Glocke über sie stülpen. Ich kann's nicht, niemand kann das, drum also (o schmerzliche Ohnmacht) die Schlafanzüge, ein Fetzen Ersatz: der bunte Trikotstoff, die geblumte Webe, die Bündchen, die Ärmel und Zwickel: Sie seien ihnen umgetan! Zugedeckt mögen sie sein damit und eingehüllt mit allem, was sie selber sind: Atem und Herzschlag und Wärme – und Jucken da und dort und Fürzchen dann und wann – und auch mit dem Pulsen in ihrem Geschlecht. Da will ja Zukunft werden, weitere Zukunft, ach Gott, wie weit! Und wenn ich die Meinen weder bewahren noch ihnen helfen und raten kann, so möcht' ich sie doch im Schlaf besuchen und ihre Träume niederwinken zum Segensbaum.

Das wäre also *mein* Schenken. Schenken? *Schenken* – ach, laßt mich zufrieden damit! Was soll es uns noch, dieses Schenken?

Längst haben wir alle zuviel. Eingekreist sind wir von Dingen, belagert! Sie wuchern und quellen aus allen Winkeln, aus Schränken und Truhen, Kisten und Koffern. Wo ist noch eine leere Kammer? Wo eine Wand, die noch nicht behängt, wo ein Garten, der nicht mit Silbertannen und Swimmingspools, mit Futterhäuschen und Gartenzwergen zu Tode geziert ist?

Jeder Gast bringt ein Geschenk. Großeltern, Tanten, Onkel schleppen heran. Die Spielzeugkisten unserer Kinder bersten aus den Fugen; die Bücherschränke, Plattenschränke, die Kleiderschränke können den Wust nicht mehr fassen. Das wächst wie die Lava im Vulkan, wie der Sand in den Flüssen und gebiert sich weiter mit jeder Saison, jeder Modewelle, mit jedem Weihnachtsfest.

Und doch können wir das Schenken nicht lassen. Es ist – als eine Art Erbkrankheit – auf uns gekommen. Der Wunsch zu schenken ist offenbar unausrottbar.

Ich habe in meinem Leben immer einen *sehr* großen, unerfüllbaren Wunsch gehabt, den Wunsch, jedem meiner Kinder ein Haus zu hinterlassen: ein Fleckchen Erde, das ihnen gehört, vier Mauern und ein Dach, unter dem sie unkündbar sind, eine Zuflucht in der Not.

Mir haben meine Eltern ein Haus hinterlassen, das war meine Rettung in schwieriger Zeit. Diese Erfahrung hat sich in mich eingebrannt. Daher wohl der Wunsch, desgleichen zu tun für die Meinen. Natürlich wird dieser Wunsch nie in Erfüllung gehen. Aber er geistert in mir herum. So habe ich mir ein Vergnügen ausgedacht: Ich schenke meinen Kindern alle Häuser dieser Welt! Alle Häuser, die mir selbst gefallen, in denen selbst zu leben ich mir vorstellen könnte.

Zum Beispiel: Ich fahre in der Eisenbahn. Die Gegend ist hübsch. Da liegen, zwischen Städten und Dörfern verstreut, unzählige nette Häuschen im Grünen. So schnell sie vorüberziehen – ich nehme doch die hübschesten von ihnen in Besitz. An einem gefällt mir das gemütliche Haubendach, am anderen die schönen Linden nebenan. In Windeseile messe ich die Parzelle aus. Groß genug? Ist der Hang nicht zu steil? Die Wiese davor nicht zu sumpfig?

In ebensolcher Windeseile ist an Stockwerken und Fenstern die innere Einteilung abzulesen: da das Wohnzimmer mit Erker und Terrassentür, da Küche und Bad, die Schlafzimmer hinten hinaus. Blitzschnell richte ich ein. Hinter diesem breiten Fenster könnte die älteste Tochter ihr Atelier einrichten. Hinter jenem Sonnenbalkon die Buben des Sohnes hausen; könnten im nahen Bach plantschen und im Winter vom nahen Hügel mit den Rodeln sausen.

So nehm' ich die Welt in Besitz für die Meinen, als wäre sie eine Nuß – und nicht mehr!

Freilich: Für eine meiner Töchter habe ich nichts mehr zu wünschen. Sie wohnt längst in ihrer und ihres Mannes Villa – ein aufwendiger Bau in südlicher Landschaft, Sichtbeton, Glas und Marmor, hochmodern. Was kann ich mir für sie noch ausdenken? Meine mütterliche Einbildungskraft stockt entmutigt und läßt die Tentakel sinken.

Doch nur für eine Weile. Dann kommt neues Leben in sie: Wenn ich auch dem Haus nichts mehr hinzuzufügen habe, da alles schon da ist, Sonnenkollektor, Schwimmbad und Fußbodenheizung, so lasse ich es doch Mauer für Mauer bewachsen mit Klematis und Glyzinien und anderen märchenhaft blühenden Kletterpflanzen und spinne das ganze Haus, Beton und Marmor, in ein Gewirk grüngoldenen Lebens ein.

Eins will ich mir zugute halten: Nicht den Meinen allein schenke ich, was nicht mir gehört und worüber ich nie verfügen kann, aber zu verfügen wünschte, mächtiger als ein Fürst, mächtiger als alle Könige und Kaiser, mächtiger als der Präsident der Vereinigten Staaten.

Ich fürchte, daß ich mit diesen Wünschen wie die unersättliche Fischersfrau des Märchens sogar Gottes Allmacht für mich usurpieren möchte. Da ist zum Beispiel ein Bach in unserem Land; er springt vom Berg, schäumend, rauschend, mit kräftiger Schüttung wie tausend andere Bäche Österreichs. Aber ich habe andere Länder gesehen, ihre Dürre: Sand und Stein und von glühender Hitze zerklüftete Erde. Ich wünschte mir diesen Bach in die Wüste Negev oder nach Rajasthan oder gar in die Mitte der Sahara: Welch ein Paradies könnte da blühen!

An die Wolken des Atlantik adressiere ich dringende Wünsche: Warum schreckt ihr zurück vor dem bißchen Atlasgebirge und schüttet euch lieber über dem Meer aus, das euer nicht bedarf? Und anderswo dürstet das Land!

Dann wieder seh' ich Gras und Unkraut und Gebüsch in unserer Gegend wuchern, wo es niemandem nützt, niemandem willkommen ist. Könnt' ich euch hier zur Weide führen, ihr armen ausgemergelten Kühe Indiens! Ich habe euch nach einem Hälmchen schnobern gesehen. Selbst das Zeitungspapier habt ihr mir aus der Hand gefressen. Ach, könntet ihr euch doch hier einmal sättigen!

Und wenn ich die fetten Möpse unserer Wohlstandsgesellschaft sehe, wie sie wählerisch an ihren Tellern schnuppern und sich nur durch gutes Zureden ihrer Herren dazu herbeilassen, einen müden Bissen mit müder Schnauze zu nehmen, und dabei an die armseligen streunenden Hunde denke, die verzweifelt vor Hunger nach Abfall scharren, dann schenke ich ihnen das Fressen der dicken Möpse und weide mich dann an den Freudensprüngen, die jene vollführen, an ihrem Schwanzwedeln, ihrem entzückten Jaulen – und weiß doch, daß ich nur Lügen spinne, nur Trug und Selbstbetrug, uralten Menschheitstraum.

Kindermund
oder
Der Beginn der Philosophie

Die Vierjährige geht mit ihrem Großvater spazieren. Die Straße ist aufgerissen, man gräbt einen Kanal.

Die Kleine steht am Rand der Grube, schaut respektvoll hinunter, dann sagt sie: »Das ist aber ein großes Loch.«

Der alte Herr kann es ihr nur bestätigen: »Ja, das ist wirklich ein großes Loch.«

Die beiden gehen weiter.

Die Kleine ist ganz in Gedanken versunken. Nach einer Weile läßt sie sich wieder vernehmen: »So ein Loch kann man aber nicht essen.«

Der Großvater ist überrascht, daß die Kleine die Unmöglichkeit, ein solches Loch zu essen, in Betracht zieht. Doch er kann es ihr wieder nur bestätigen: »Nein, so ein Loch kann niemand essen.«

Die Kleine denkt weiter nach. Dann: »Aber du sagst doch immer: Kinder müssen *alles* essen, weil sie sonst nicht wachsen.«

»Das ist auch richtig«, nickt der alte Herr.

»Können wir also wachsen von etwas, was wir gar nicht essen können?« fragt die Kleine.

»Jetzt wird es schwierig«, gibt der Großvater zu. »Das kann ich dir nicht sagen.«

»So müssen wir doch nicht alles essen«, ruft die Kleine triumphierend, »weil sonst das Loch noch mehr wächst als wir, und – Was machen wir dann?«

Der König der Wüste

Eines Tages stellt die Mutter mit Entsetzen fest, daß ihr kleiner Jockl noch nicht lesen kann.

»Zehn Jahre bald – und noch nicht lesen können! Das muß anders werden«, spricht die Mutter und holt ein Buch.

»Hier! Lies!«

Jockl zerdrückt einige Tränen. Die Mutter bleibt hart.

»Fang an!«

Jockl beginnt. Mit Mühe buchstabiert er eine Überschrift: »DER – LÖ-WE –«

»Nur weiter!« sagt die Mutter.

Jockl, Rotz und Wasser im Gesicht, schluckt und schluchzt. »Der – Lö-we ist der – K-K-König – der – Wü-ste. An – an – seinem – Schw-Schwanz hat er – eine – eine –«

Das Folgende bereitet Jockl Qualen.

»Eine?« fragt die Mutter mit schon schriller Stimme.

Jockl windet sich. Er wird beinahe blau vor Anstrengung. Aber plötzlich geht ein Leuchten über sein Gesicht, er hat die Lösung:

»An seinem Schwanz hat er eine OASE.«

Gedämpfter Mutterstolz

Die junge Mutter ist verliebt in ihre kleine Tochter. Da sie selbst humanistisch gebildet ist, hat sie auch in dieser Hinsicht für ihre Tochter große und größte Rosinen im Kopf.

Die junge Dame geht eben in die dritte Volksschulklasse. Sie bekommt ein Poesiealbum geschenkt. Die erste, die hineinschreiben soll, ist natürlich die Mutter.

Die Mutter überlegt sich lange einen passenden Sinnspruch. Sie möchte darin alles zusammenfassen, was sie für die kleine Tochter erhofft, für sie erwartet: kurz, ein Motto fürs ganze Leben.

Schließlich holt sie ihren »Goethe« herbei, blättert und findet den Vierzeiler:

Alles geben die Götter, die unendlichen
ihren Lieblingen ganz,
allen Freuden, die unendlichen,
alle Schmerzen, die unendlichen ganz.

Diesen Spruch schreibt sie ein.

Das kleine Mädchen liest ihn, zuckt die Achsel und steckt das Album in die Schultasche. Morgen soll die Freundin etwas hineinschreiben. Zwei Tage später kommt die Kleine glückstrahlend nach Hause. – So etwas Schönes hat ihr die Freundin eingeschrieben, so etwas Wunderschönes! Die Mutter schlägt das Album auf und liest leicht erblassend:

Lebe glücklich, lebe froh,
wie der Mops im Paletot,
der auf einem Sopha saß
und ’nen Korb voll Äpfel fraß.

In ewiger Liebe

Deine Putzi

Die Ermahnung

Die alte Dame verabschiedet den jungen Mann am Bahnhof.

Sie steht auf dem Bahnsteig, er am offenen Fenster seines Waggons.

Sie überschüttet den jungen Mann mit Ermahnungen: »Vergiß deinen Mantel nicht! Laß deine Mütze nicht liegen! Vergönn dir ein ordentliches Essen! Geh in den Speisewagen! Aber rauch nicht zu viel! Und schwimm nicht zu weit hinaus ins Meer! Es soll dort Haifische geben ...«

Der junge Mann tritt schon ungeduldig von einem Fuß auf den anderen. Immer wieder schaut er auf die Uhr. Wann ist denn Abfahrtszeit?

Endlich ist es soweit. Die Räder beginnen zu rollen. Die alte Dame streckt die Hand hoch in der Hoffnung, die Hand des Jungen noch zu erreichen. Sie erreicht sie nicht mehr. Sie macht noch zwei, drei holpernde Laufschritte neben dem fahrenden Wagen und ruft mit dem Ausdruck liebevoller Verzweiflung: *»Und gib acht, gib acht, daß der Zug nicht entgleist!«*

Kleines Charakterbild

Die Dame des Hauses ist eine berühmte Schönheit. Nicht mehr ganz jung, ist sie noch immer bereit, ihr feuriges Temperament unter Beweis zu stellen. In Gesellschaft erscheint sie nie anders als tief dekolletiert, in auffallenden Roben. In ihrem Badezimmer stehen die raffiniertesten Kosmetika in langen Reihen.

Einmal komme ich in ihre Küche. Sie ist winzig klein, aber penibel sauber. Doch auch hier fehlt ein Spiegel nicht. Mit Lippenstift ist quer über ihn in flammenden Lettern geschrieben: *Amore – Amore – Amore.*

Doch darunter ein Zettel für die Putzfrau aufgespießt: *Pauline, wischen Sie die Pfannen auch unten ab!*

Der Rassehund

Ich hatte Freunde im Burgenland, ein älteres Ehepaar, kinderlos: Er – ein hagerer Don Quichote mit weißem Knebelbart; sie – eine kleine straffe muntere Ungarin, ihrem Mann ergeben und – auch in schlimmen Zeiten – ein guter Kamerad.

Die beiden erlebten das Ende des letzten Krieges nahe der Grenze, mit allen Schrecknissen; sie hatten nicht flüchten wollen. Da – in den Tagen der schlimmsten Verwirrung, der Not, der Todesangst – lief ihnen ein Hund zu.

Sie nannten ihn Tisza.

Von nun an spielte Tisza in den Briefen, die sie mir schrieben, eine große Rolle:

»Tisza macht uns viel Freude. Er ist so anhänglich.«

»Tisza war leider krank. Aber er scheint sich jetzt zu erholen.«

»Neulich, als wir einen Ausflug machten, ging uns

Tisza verloren. Stundenlang haben wir nach ihm gerufen. Wir hatten schon beide keine Stimme mehr. Da stürmte er auf uns zu, toll vor Freude. Wie glücklich waren wir alle drei!«

Ich stellte mir Tisza als edlen Rassehund vor, als herrliches Exemplar seiner Gattung.

Doch wie enttäuscht war ich, als ich endlich, nach Jahren, Gelegenheit fand, meine Freunde im Burgenland zu besuchen. Auf der Treppe stürzte mir ein Scheusal entgegen, schwarz-weiß gefleckt, mit krummen Beinen und geringeltem Schwanz, und einem Gekläff, das mir durch Mark und Bein ging. Ein Ohr stand ihm spitz am Kopf, das andere schlappte herunter: in diesem Wesen war wohl die Mischung aller Promenaden zusammengekommen.

Ganz langsam ließ er sich beruhigen und davon überzeugen, daß weder meine Waden noch meine Rocksäume dazu da waren, von ihm beschädigt zu werden. Nur in meine Tasche biß er dann in aller Stille und Emsigkeit ein Loch. Dafür bettelte er bei Tisch so zudringlich, daß ich ihm schließlich die Hälfte meines Bratens und den größten Teil meiner Tortenportion in den Rachen warf.

Die sanften Ermahnungen meiner Freunde blieben ganz ohne Wirkung.

Ich blieb einige Tage und versuchte zu begreifen, was sie an Tisza liebten. Doch ehe mir das ganz gelang, trat ich die Heimreise an.

Kaum war ich wieder zu Hause, erhielt ich Post: »Ein Unglück ist geschehen. Unser armer Tisza hat uns verlassen. Er ist nicht mehr. Ein Auto hat ihn überfahren.«

Ich muß gestehen, daß mich diese Nachricht nicht übermäßig betrübte. Gleich spann ich an einem Plan.

Ich wollte meinen Freunden ein neues Hündchen kaufen, ein hübsches Tier, ein Rassetier. Wie würden sie doch dieses lieben, da sie das Scheusal Tisza schon so geliebt hatten?!

Leider ließ ich mir Zeit mit diesem Vorhaben. Ich glaubte, den Kummer meiner Freunde ehren und ihnen doch etwas wie ein Trauerjahr zubilligen zu müssen.

Eines Tages fand ich einen reizenden jungen Rauhhaardackel; guter Stammbaum, wohlerzogen. Er war verkäuflich. Ich erstand ihn. Demnächst wollte ich mit ihm ins Burgenland reisen.

Wieder erhielt ich einen Brief.

»Stelle Dir vor, wir haben wieder einen Hund. Und welches Glück, welches Glück! Er ist genau so wie unser Tisza. Er muß rein sein Sohn sein.«

Die Wurst oder Unwillkommene Aufklärung

Der Dorfplatz liegt leer im blendenden Mittagslicht. Stoffel sitzt im Hollunderbaum und wartet auf Minnie. An Minnies Haus sind alle Fenster geschlossen, die Haustür ist versperrt. Vor drei darf Minnie nicht heraus. Minnie ist nur in den Ferien da. Die Großmutter, bei der sie wohnt, erlaubt ihr nicht, vor drei herauszukommen. Minnie muß lernen, sagte die Großmutter, sie muß lesen und schreiben lernen, sagt die Großmutter, wenigstens zwischen eins und drei. Als ob Minnie nicht längst schon lesen und schreiben könnte, viel besser lesen und schreiben als Stoffel und jedermann, den Stoffel kennt. Aber so ist es wohl: weil sie ein Stadtkind ist, muß sie noch dreimal besser lesen und schreiben lernen, in der Stadt ist das einfach Brauch.

Dort fahren Trambahnen und Autobusse, dort sind auch in der Nacht die Straßen beleuchtet, dort gibt es Geschäfte, Kinos und sogar einen Zoo. Im Herbst muß Minnie wieder in die Stadt. Stoffel denkt: Nie soll es Herbst werden. Nie. Nie. Nie. Stoffel kauert und wartet. So wartet er jeden Tag auf dem Dorfplatz im Hollunderbusch. Jeden Tag wird es drei. Um drei geht ein Fenster auf an dem Haus, wo Minnie wohnt. Dann knirscht ein Schlüssel im Türschloß, dann kommt Minnie heraus, ein kleines Mädchen, neun Jahre alt, mager, blauäugig, blond, mit schmalem Pagenkopf auf einem dünnen Vogelhals. So steht sie und wittert nach rechts und links. Dann sieht sie Stoffel – und hüpft auf ihn zu. So ist das täglich, um drei.

Aber heute geschieht noch etwas anderes.

Ein Mann kommt aus dem unteren Dorf geradelt. Der Mann ist fremd. Auf einem Arm trägt er eine Lage Papier. An der Fahrradbalance schaukelt ein Eimer, darin ein Pinsel. Der Mann steigt ab. Er tritt an die Wand, an der in Stoffels Dorf Plakate zu hängen pflegen. Schon lange hat niemand mehr ein neues Plakat geklebt. Der Mann betrachtet die Fläche, von der ein paar ausgebleichte Fetzen herunterhängen. Er nimmt seinen Eimer und seinen Pinsel. Die Papiere hat er neben sich auf den Gehsteig gelegt. Mit dem Pinsel bestreicht er die Fläche. Dann holt er ein Papier. Er rollt es auf, drückt es an, streicht es glatt. Streicht es noch einmal glatt und steigt auf sein Rad. Mit Eimer, Pinsel und den Plakaten radelt er weiter. Minnie und Stoffel stehen vor der Plakatwand.

Das Plakat verkündet: Ein Zirkus kommt, *Zirkus Maroni.* Sie haben von Zirkus Maroni noch nichts gehört? Nicht möglich! Er gehört zu den berühmtesten Zirkussen der Welt. Sie werden staunen, wenn Sie eine Vorstellung besuchen. Zirkus Maroni bietet Elefanten, radfahrende Affen, Tiger, die durch Reifen springen und – als Sensation aller Sensationen – *Arro, das musikalische Wunder.* Arro ist ein Hund. Ein Hund, der Klavier spielen kann. Die Kinder lesen das Plakat von oben bis unten. *Zirkus Maroni. Zirkus Maroni.* Ist es nicht wunderbar, daß sich ein so berühmter Zirkus herabläßt, hier in Stoffels Dorf aufzutreten? Sogar Minnie scheint beeindruckt. Sie zeigt Lust, die Elefanten, die radfahrenden Affen, die springenden Tiger zu sehen. Nur was Arro, das musikalische Wunder, betrifft, gibt sie sich überlegen. »Kein Hund kann Klavier spielen«, entscheidet sie. »Das ist Schwindel.« »Aber es steht hier auf dem Plakat«, sagt Stoffel. »So wird es auch wahr sein.«

»Unsinn«, sagt Minnie. »So was Dummes kann man auch nur euch Bauern vormachen.« Und stakt davon.

Stoffel ist tief gekränkt. Dennoch ist er bereit, Minnie in den Zirkus zu begleiten. Minnies Großmutter hat ihm angeboten mitzukommen. Sie zahlt die Karten. Stoffels Eltern könnten das nicht.

Dann sitzen sie alle drei am Abend in der vordersten Reihe und erwarten den Beginn.

Zuerst kommt ein dummer August, der herumspringt und Purzelbäume schlägt. Die Leute lachen. Stoffel bemerkt mit Genugtuung, daß auch Minnie ein wenig lacht. Ach, denkt Stoffel, wenn doch bloß der Hund wirklich Klavier spielen könnte!

Dann kommt der Affe Bimbo dran. Er hat einen roten Paletot und eine blaue Kappe. Er watschelt rund um die Manege. Dann springt er auf sein Rad. Ja, er fährt Rad, drei, vier, fünf Runden. Bei der letzten trägt er sogar einen großen gelben offenen Regenschirm. Die Leute klatschen Beifall. Auch Minnie klatscht.

Dann wird der Elefant hereingeführt. Auch er hat sein Kunststück gut gelernt. Dann der Tiger. Noch einmal kommt der dumme August. Noch einmal fährt der Affe Rad. Aber Stoffel wartet jetzt nur noch auf Arro, *das musikalische Wunder*. Mit Herzklopfen.

Endlich ist es soweit. Ein Pianino wird hereingerollt und ein Mann führt einen mageren schwarzfleckigen Boxer herein. Der Mann fordert einen Tusch für seinen Begleiter: »Sie sehen hier den hochberühmten Arro. Ja, er ist es, von dem die Welt spricht. Er ist es, den Tausende anzustaunen nicht müde werden: der einzige Hund, der Klavier spielen kann. Von vielen bewundert, von keinem erreicht, ein Virtuose!« Der Mann führt Arro rundum. Die Kapelle spielt den Triumphmarsch, die Leute applaudieren. Dann führt der Mann Arro ans Klavier. Stoffel späht nach Minnie. Sie sitzt in sich zusammengekauert, das Kinn in den Fäusten, ihre Augen ganz starr wie aus Glas.

Der Mann hat Arro auf dem Klavierhocker Platz nehmen lassen. Heute, verkündet er, wünscht Arro einen Walzer zu spielen. »Nicht wahr, Arro, einen Walzer?« Arro bellt zustimmend und legt die Pfoten auf die Tasten. Der Mann schlägt ein Notenheft auf, denn Arro spielt vom Blatt. Dann geht es los.

Taramtataa – taramtataa!

Arro spielt schön. Er greift Akkorde, läßt Triller klingen, sein kurzer Stummelschweif gibt den Takt, sogar das Pedal bedient er mit ausgestrecktem Hinterlauf. Stoffel lauscht atemlos. Bei der zweiten Coda kann er nicht mehr an sich halten, er beugt sich vor, grinst Minnie ins Gesicht und stößt sie in die Rippen: »Na, spielt er nun Klavier oder nicht?« Minnie zuckt zusammen, verzieht den Mund und murmelt: »Alles Schwindel.«

Gleich darauf ist die Vorstellung aus. Von Beifall umtost, verläßt Arro die Arena. Minnie hat der Großmutter Hand gefaßt und zerrt sie vorwärts auf kürzestem Weg nach Haus. Aber am nächsten Tag geschieht etwas Merkwürdiges. Minnie erscheint in Stoffels Haus. Das ist bis jetzt nur selten vorgekommen. Noch dazu ist sie heute ganz kleinlaut und freundlich: Nein, das habe sie nie gedacht, daß ein Hund Klavier spielen kann – und noch dazu so schön. Sie möchte Arro noch einmal Klavier spielen hören. Ob Stoffel so gut sei, noch einmal mit ihr in den Zirkus zu gehen? – Sie zeigt Stoffel das Geld vor. Es reicht für zwei.

Stoffel ist glücklich. So lieb war Minnie noch nie. Endlich hat sie eingesehen, daß sie unrecht hat. Endlich muß sie zugeben: Auch auf dem Dorf gibt es Sensationen. Am Abend ist alles wie das erstemal: der Affe radelt, der dumme August macht dieselben Späße, der Elefant schwenkt seinen Rüssel, der Tiger macht einen müden Satz. Schließlich erscheint auch Arro wieder, wird präsentiert und nimmt auf dem Klavierstuhl Platz. »Heute wird er eine Polka spielen, nicht wahr, Arro, eine Polka?«

Arro blafft kurz und etwas heiser.

Dann geht's los. Arro spielt, gibt Takt und Pedal, dann und wann hört man seine Klauen ein wenig auf den Tasten klappern. Dann aber passiert es. Minnie springt auf, springt vor und wirft – was wirft sie denn bloß? – mit vollem Schwung in die Manege und knapp paar Handbreit neben Arros Sitz ... Arro wendet den Kopf, die Flügel seiner Nase vibrieren, mit einem Satz ist er vom Hocker unten und hat die Wurst im Maul. Denn Minnie, die schlimme Minnie, hat ihm eine *Wurst* in die Manege geworfen.

Warum soll Arro die Wurst nicht fressen? Warum ist es eine Katastrophe, daß Arro die Wurst verschlingt. Ist denn nicht auch ein Klavier spielender Hund noch immer ein Hund? Jedermann könnte dem Künstler den Leckerbissen gönnen, zumal gerade dieser Künstler besonders mager und abgezehrt und hungerleiderisch aussieht.

Das Unglück besteht darin, daß das Klavier allein weiterspielt. Die Polka geht weiter, ganz ohne Arros Zutun. Das Publikum explodiert vor Gelächter. Einige pfeifen. Andere klatschen wie wild. Der Hundedresseur versucht, Arro die Wurst zu entreißen. Arro flüchtet, um die letzten Bissen zu verschlingen. Der Hundedresseur zieht die Peitsche. *Das musikalische Wunder* verschwindet im Hintergrund.

Minnie streckt dem entsetzten Stoffel die lange spitze boshafte Zunge heraus.

Stoffel kann in dieser Nacht nicht schlafen. Er schluchzt wütend in sein Kissen. Sein Herz fließt über von Gram und Groll, von allen Bitterkeiten tief gekränkter Liebe.

Drei Tage später sind Minnies Ferien zu Ende. Sie stolziert noch einmal durchs Dorf. Seit drei Tagen hat sie Stoffel nicht mehr gesehen. Nun möchte sie doch von ihm Abschied nehmen.

»Stoffel, Stoffel, wo bist du?«

Kein Stoffel weit und breit.

Obwohl es regnet, streift Minnie immer noch eine Gasse entlang. Sie watet durch Pfützen, sie stapft durch Kot. »Stoffel, Stoffel, wo bist du?«

Auf einmal saust etwas scharf an Minnies Kopf vorbei: ein Stein. Und wie sie sich umdreht, kommt ein Wurf kleinerer Kiesel. Minnie fühlt sich getroffen und schreit auf. Dann eine Handvoll Sand, Erde, Dreck. Minnie kreischt auf.

»Das ist für die Wurst«, schreit eine Stimme hinter ihr, »für die Wurst, für die Wurst.«

Minnie beginnt zu rennen.

Minnie flüchtet.

Nie mehr wird Minnie im Dorf gesichtet.

Nie mehr wartet Stoffel in einem Hollunderbusch auf ein Mädchen.

Es war in jener Zeit nach dem Krieg, als wir hungerten und erfinderisch wurden, den Hunger zu bekämpfen: mancher von uns, der früher nie daran gedacht hatte, sich um Bebauung von Grund und Boden zu bekümmern, nahm zu dieser ersten und urtümlichen Hilfsquelle des Menschen Zuflucht und wurde Gärtner; irgendwo machte er ein paar Fußbreit unbestellter Erde ausfindig und kaufte oder pachtete sie in der Hoffnung, daß er zu gegebener Zeit eine Schwinge voll Grünzeug oder einen Sack Kartoffeln davon ernten würde.

Auch ich hatte mich – mit vielen anderen Leuten – in ein großes brachliegendes Grundstück am Stadtrand eingemietet; es war, wie es damals hieß, zur gärtnerischen Nutzung freigegeben worden. Gleich wurde es von uns Pächtern in Parzellen zerlegt, die Bäume umgeschlagen, die Ziersträucher ausgerauft. Jeder umzäunte seinen Teil, indem er Pflöcke einschlug und sie mit Stücken irgendwo aufgelesenen rostigen Stacheldrahtes bespannte. Dann beschaffte man sich Spaten, Harken und Kannen und zog Abend für Abend allein oder – je nach Stand und Neigung – mit Kind und Kegel hinaus in die neugewonnene Kolonie.

So eng bemessen diese abgezirkelten Stückchen Erde waren, so stellte doch jedes von ihnen – in den Augen der Besitzer jedenfalls – eine Art Bastion gegen die Not der Zeit dar; und wie eine Bastion von ihrer braven Besatzung wurden nun auch unsere Gärtchen von uns befestigt, bestückt und eifrig bewacht. Ein stiller Wettstreit entspann sich, wer am tüchtigsten graben, wer mit dem meisten Glück säen und ernten werde. Die Ehrgeizigen werkelten stumm verbissen für sich allein, die mehr Gutmütig-Jovialen tauschten Ratschläge, Gerätschaften und Sämereien aus. Meist fand man sich, wenn es für die Arbeit schon zu dunkel zu werden begann, an der gemeinsamen Wasserstelle zu gärtnerischem Fachgespräch zusammen.

Rechts von meiner Parzelle hatte sich ein lustiger Clan mit Geschrei und Gelächter eingenistet. Links war eine einzelne stille, unauffällige Person eingezogen: eine Frau mittleren Alters, deren blondes Haar – sie trug es im Nacken zu einem großen Knoten geschlungen – so hell war, daß man nicht erkennen konnte, ob es nicht auch schon von weißen Fäden durchzogen war. Die Frau war nicht groß, aber schlank und zart, sehr schmal um die Mitte. Sie trug immer dunkle Kleider, dazu ein weißes bescheidenes Schleifchen am Halse. Man nannte sie Fräulein Mechtild. Ich hielt sie für eine Lehrerin oder Beamtin, bis ich erfuhr, daß sie bei einem vielbeschäftigten Arzt die Stelle einer orthopädischen Helferin innehatte. Im letzten Kriegsjahr war ihr – zu ihrem größten Kummer – die Mutter gestorben. Diesem Verlust schrieb ich es zu, daß das Fräulein immer ernst, in sich gekehrt und offenbar am liebsten für sich allein war. Im übrigen gingen wir, als wohlerzogene Anrainerinnen dann und wann ein höfliches Wort wechselnd, doch fremd und ohne viel Teilnahme aneinander vorbei.

Es war im zweiten Frühjahr nach Kriegsende und im dritten unserer Nachbarschaft, als mir Fräulein Mechtild und ihr Gärtchen merkwürdig wurden.

Ich begann damals sehr früh mit der Bestellung. Der letzte Schnee war gerade erst weggeschmolzen, es wehte eine leichte trunkene Luft, in der auch jetzt noch, nach Sonnenuntergang, das blaue Feuer des Märztages nachglühte. Das Graben und Harken in der feuchten, lockeren Erde hatte mich nach der langen, dumpfen Winterruhe mit Freude erfüllt. Die ersten Sämereien waren gestreut, und es entzückte mich zu denken, daß in den unscheinbaren grauen Körnchen, die eben erst noch trocken und tot in meiner Hand gelegen, schon bald das Leben erwachen und sie zu winzigen weißlichen Keimen und nach kurzer Weile zu den grünen Flämmchen der Keimblätter entfachen werde. Im Nachbargarten sah ich Fräulein Mechtild am Werk. »Nun«, rief ich über den Zaun zu ihr hinüber, »was soll es denn heuer bei Ihnen werden?«

Fräulein Mechtild hatte nur drei Beete in ihrem Garten, er war der kleinste von allen Zwerggärten hier hinter der Mauer. Das Fräulein hatte gedüngt und umgegraben, jetzt kroch sie auf den Knien herum und las die Steinchen aus der Erde. Ich mußte noch einmal rufen, bis sie – immer noch zögernd – meinem Rufe nachkam.

Zu meiner Überraschung bemerkte ich, daß Fräulein Mechtild ihre Trauerkleidung abgelegt hatte. Hübsch stand ihr die weiße, blaugetupfte Bluse zu Gesicht. »Sie sehen aber gut aus. Sind ja richtig jung geworden über den Winter!«

Errötend wehrte sie die Schmeichelei ab.

»Und was wollen Sie heuer anbauen?«

»Und Sie?« gab mir das Fräulein die Frage zurück.

Ich antwortete ausführlich. Dann aber wollte ich – zum dritten Mal – von ihr erfahren, was sie zu säen gedenke. Sie blieb mir auch jetzt die Antwort schuldig, ja, sie zog sich rasch von unserem Zaun zurück, als sei ihr mein Fragen peinlich geworden. »Bei mir hat es noch Zeit bis in den Mai.«

»Wie?« rief ich, »bis in den Mai? Aber warum so lange? Schade doch um den guten Boden!«

»Jeder erwartet seinen Tag«, erwiderte sie, »der eine früher, der andere später.« Und damit wandte sie sich ab.

Ich zuckte die Achseln über das wortkarge Fräulein. Mir fiel nicht ein, daß ihre Rede einen doppelten Sinn hätte haben können.

So kam der Mai. Bei uns anderen hatten sich die ersten Saaten schon eingestellt, die einen prächtig und erfreulich, die anderen lückenhaft und enttäuschend. Nur Fräulein Mechtilds Geviert stand noch unbebaut. Da kam sie eines Abends – schon waren die Eisheiligen aus dem Land gezogen – endlich wieder herangewandert. Sie hatte Harke und Rechen geschultert und die Wasserkanne auf den Rücken gepackt. In den aufgehobenen Armen aber trug sie einen Weidenkorb vor sich her, eine flache, mit einem Deckel versehene Schwinge. Was kann da drinnen sein? dachte ich. Sie trägt es so behutsam! – Da sah ich ihr Gesicht, es leuchtete rosig im Abendschein und war freudig, ja, beinahe selig erhellt. Ihre Augen schimmerten und in den Grübchen ihrer Wangen (hatte sie denn jemals Grübchen gehabt?) spielte ein geheimnisvolles Lächeln. In ihrem Gärtchen angekommen, legte sie die Geräte ab. Dann bückte sie sich und lüpfte den Deckel des Korbes. Ich reckte den Hals: erdige Tüten standen drinnen, kräftiges Grün guckte aus dem Papier. Und gleich begann Fräulein Mechtild auszuschälen –: Da erkannte ich, es waren Tabakpflanzen, die sie herangeschleppt hatte. Ich stand vor

Verwunderung starr. *Tabakpflanzen* zu setzen hatte sie also ihr Gärtchen gedüngt und beharkt und brach liegen lassen bis zur Stunde, Tabakpflanzen, wozu in aller Welt? Tabak zog sich nun mancher Mann, mancher versessene Raucher, dem das Qualmen über alles ging, der mit seiner zugeteilten Ware nicht auskommen konnte. – Aber Fräulein Mechtild? was konnte *ihr* an Tabak gelegen sein?

Mit einer Sorgfalt, die mich fast lächerlich anmutete, setzte sie nun das giftige Kraut (eine Reihe, eine zweite, dritte, vierte, fünfte). Kein Fleckchen blieb frei für nützliche Saat. Da standen die Setzlinge nun, in gehörigen Abständen, stark, gedrungen, dickblättrig, eine deftige Gesellschaft, wenn man sie mit dem stengelzarten Völkchen unserer junggepflanzten Kräuter verglich. Fräulein Mechtild spritzte jedes ab, drückte diesem noch einmal das Erdreich an, richtete jenes wieder auf. Wie eine Mutter verfuhr sie, die ihre Kinder zärtlich betreut, und wie eine Mutter, die sich anschickt, bei ihren zu Bett gebrachten Kindern zu wachen, ließ sie sich auf ihrem Bänkchen nieder. Den leeren Korb hatte sie auf ihren Schoß genommen, die feinen, von Erde bestaubten Hände darüber gefaltet – so saß sie nachdenklich still und wartete, bis die Finsternis sank und der erste Tau über die junge Pflanzung fiel.

Abend für Abend erschien nun Fräulein Mechtild und nahm sich des Tabaks liebevoll an. Sie häufelte und jätete und führte den durstigen Grünlingen ausgiebige Tränkung zu. Wer die Pflanze kennt – sie stammt aus der Gattung der Solanazeen, ist weit und besonders in tropischen Gegenden verbreitet, – wer also die Tabakpflanze kennt und sie vielleicht sogar selbst einmal gezogen hat, der weiß, wie kräftig sie gedeiht, wenn sie nur mal recht in Schuß gekommen ist. Mag sein, daß sie, ehe sie ihre Wurzeln an den neuen Standplatz gewöhnt, ein wenig zögert und zurückhält, *dann* aber treibt sie mit Macht. Sie setzt starke Blätter an die starren, steilen, holzig sich härtenden Schäfte, starke, lappige Blätter, wahre Phänomene an saftiger Üppigkeit in unserer dem pflanzlichen Mittelmaß vorbehaltenen Zone.

Kaum vier Wochen stehen die jungen Riesen im Feld, da fangen sie zu blühen an, gelblich, rosa, fleischfarben, in scharf riechenden und klebrig seimenden Rispen. Die Rispen bereiten dem Pfleger viel Mühe, denn er darf sie – dem Blattwerk zuliebe – nicht dulden, dem Blattwerk zuliebe muß er die Blüten stutzen, nur aus dem Blattwerk ist das Gift zu gewinnen.

Ich kann mir nicht denken, daß es damals irgendwo ein Feldchen Tabakpflanzen gab, das mit ähnlicher Sorgfalt und ebenso gewissenhaft gepflegt wurde wie das neben meinem Garten. Ich sage: gewissenhaft. Aber das ist ein blasses Wort und verrät nichts von der nimmersatten Sorge und dem beinahe wilden Eifer, mit dem das Fräulein seinem Werk oblag. Bald waren ihr die Pflanzen zur Schulterhöhe gewachsen, nach einer Zeit wuchsen sie ihr über den Kopf. Nun bekamen wir, ihre Nachbarn, Fräulein Mechtild nur noch selten bei der Arbeit zu Gesicht. Die Blätterwände verbargen sie unseren Blicken, raschelnd ging sie im Grünen um, dann und wann tauchte nur ihre weiße Hand oben hervor und fingerte in den Blüten. Wir anderen begannen indessen bei Spinat und Erbsen und Bohnen lustige Ernte.

Dann jedoch trat ein, woran sich jeder erinnern wird, der damals einen Garten oder ein Feld zu bestellen hatte:

in einer Reihe trockener Sommer war jener Sommer der trockenste. Zu allen anderen Plagen kam die Plage der Dürre über unser Land. Wochenlang fiel kein Regen, über den halbzerstörten Städten kochte die Hitze. Jeden Nachmittag erhob sich ein glühender Wind, er trieb den roten Ziegelstaub von den Trümmerstätten hoch, der Staub quälte unsere Kehlen und unsere Lungen. Die Brunnen versiegten, und die Behörden gaben den Erlaß heraus, daß Gärten und Rasen – bei hoher Strafe – nicht mehr aus den nur noch unergiebig fließenden Leitungen besprengt werden dürften.

Wir Gartenleute trauerten. Der eine oder andere ließ es sich nicht nehmen, ein Tönnchen voll Wasser aus dem Fluß heraufzukarren. Den meisten war das zuviel Mühe. Sie, die kühleren Köpfe, rechneten richtig, wenn sie sagten, sie könnten so viel Kraft nicht an das lumpige Grünzeug vergeuden. So müsse es eben verdorren.

Aber Fräulein Mechtild brachte es nicht über sich, ihren Tabak dem Dürretod auszuliefern. Tag für Tag, am Morgen und am Abend erschien sie in ihrem Garten. Zwei Kannen trug sie jeweils vom Fluß herauf, es waren schwere, eiserne Kanne, bis zum Rand mit Wasser gefüllt. Tapfer schleppte sie – so schleppten damals viele Mütter ihren Kindern Nahrung herbei. Wenn Fräulein Mechtild die Kannen leerte, hörte man es zwischen den Pflanzen gluckern: es war, als kicherten wispernde Stimmen im Blätterdickicht.

Da stand Fräulein Mechtilds Plantage saftig und prahlend zwischen den anderen grauverkümmerten Gärtchen. Die Leute blieben stehen und bestaunten das wuchernde Grün. Sie wiesen einander darauf hin und redeten – da erfuhr auch ich:

Das Fräulein war nicht mehr, wie ich geglaubt, in ihrer Wohnung allein. Weil sie nach ihrer Mutter Tod ein wenig mehr Raum bewohnte, als in jenen Zeiten des äußersten Mangels dem einzelnen zu bewohnen von Amts wegen geduldet wurde, hatte man ihr in das zweite Zimmer einen Zwangsgast gelegt, einen Mann. Er war noch jung und hübsch, aber an beiden Beinen lahm durch eine Kriegsverletzung. So war er aus dem Gefangenenlager zurückgekehrt, zurückgekehrt, aber nicht heimgekommen, denn seine Heimat lag jenseits der neuen Grenze in Danzig oder Königsberg. Er sei verheiratet gewesen, so hörte ich die Leute reden, aber seine Frau sei mit dem Kind auf der Flucht zugrunde gegangen, das sei ihm für sicher berichtet worden, dem Unglücksmenschen. So war er bei Fräulein Mechtild untergekrochen, hilflos, hoffnungslos, nicht wissend, wovon zu leben noch wofür. Er habe dann freilich unter des Fräuleins kundiger Anleitung wieder ein wenig gehen gelernt, es sei ihm auch gelungen, in eine Arbeit zu kommen, täglich schleppe er sich auf Krücken in ein Büro.

Das Fräulein – nun, das habe ja nun richtig Feuer an ihm gefangen. Auch das wußten die Leute zu berichten, und sie taten es in den Wendungen, die für die gewöhnlichsten Verhältnisse im Brauch sind. Ganz erpicht sei die Jungfer auf den Krückenmann, und er – nun, er habe ja wohl nichts dagegen, wenn sie ihn hätschle, er nehme das Gute zum Besseren, ihre Liebe nämlich zu Obdach und Pflege, und vielleicht habe er ihr gar die Ehe versprochen, obgleich sie ja doch wohl hübsch ein paar Jährchen älter sei als er. Aber wer könne heute auf einen warmen Unterschlupf verzichten? und welcher Krüppel die Hand zurückstoßen, die ihm weiterhelfe? Das sei ein altes Lied, tausend- und abertausendmal gesungen in dieser verfluchten Zeit.

Und die Leute nickten und deuteten auf die Pflanzung, auf die frech ins Kraut geschossene, und sagten: Und da hat sie gar einen Tabak für ihn gepflanzt, weil der das Qualmen nicht lassen kann. Schaut, wie er dasteht, so fett und groß! – und dann lachten sie mißächtlich, indem sie die Luft aus den geschürzten Lippen bliesen, und gingen weiter.

Nun wußte auch ich die Wahrheit, und das Rätsel um Fräulein Mechtilds geheimnisvolle Pflanzung war gelöst. Mir kam vor, als hätte ich das alles schon längst gewußt – (und hätte ich es mir nicht fast denken können?), längst gewußt seit damals, als ich sie hatte mit dem Korbe kommen gesehen, so eifervoll-zärtlich, so träumerisch beseligt. Ich schämte mich ein wenig dafür, daß sich Fräulein Mechtild hatte so leicht erraten und durchschauen lassen; ich schämte mich wohl überhaupt für sie, daß die Leute so über sie reden durften, daß sie, die scheinbar Besonnene und Vernünftig-Verläßliche, sich hatte hinreißen lassen zu blinder Leidenschaft. Wer weiß, dachte ich, was für ein Bursche dieser Mann ist? Wenn es auch für ihn spricht, daß er hilflos war, als er bei ihr unterschlüpfte und daß er sich trotzdem um eine Arbeit umsah und ihr nun nachgeht, wer weiß, was er im Schilde führt gegen das verliebte Mädchen? Und ich war in der Art von Menschen, die selbst längst verheiratet und mit einem Schüpplein Kinder gesegnet sind, geneigt, Fräulein Mechtilds verspätetes Abenteuer als eine jener Faxen und Sperenzen abzutun, mit denen fertig zu werden ein vernünftiger Mensch bei einigem Bemühen wohl fähig sein müßte.

Ich bildete mir ein, um Fräulein Mechtild besorgt zu sein; ich sagte mir – und übertrieb dabei ein wenig vor mir selbst, daß ich sie geehrt und wohl auch ein bißchen liebgewonnen hätte; jetzt aber sei mir ihr helles Bild verdunkelt und getrübt. Nur mit einem gewissen Vorbehalt ließ ich mich von nun an in ein Gespräch mit ihr ein und konnte dabei kaum einen leisen Ton des Spottes unterdrücken, wenn ich zu ihr hinübersah und ihren Garten lobte.

In der Tat schoß der Tabak dort immer üppiger auf, er trieb einen geradezu ungeheuren Blätterwald hervor, er verzweigte sich in immer wieder neu hervortreibenden und einander überwuchernden zahllosen Geizen. Ein Unikum seiner Art war er geworden, ein ausstellungswürdiger Riesenwuchs, der den Neid aller giftsüchtigen Anrainer und Passanten erregen mußte, ein verräterisches und schon beinahe anstößiges Symbol von Fräulein Mechtilds gewiß nicht weniger ins Kraut geschossener Leidenschaft.

Im Spätsommer blieb ich eine Zeitlang aus, ich war aufs Land hinausgefahren. Als ich zurückkehrte, war es Herbst geworden, Erntezeit. Zu ernten gab es nicht viel in meinem staubtrocken ausgedorrten Gärtchen. Nur die Zwiebeln hatten überstanden, ich flocht sie an ihren Lauchschwänzen zu festen Girlanden zusammen. Auch das Tabakgesträuch drüben hatte sich schon gelichtet. Die tiefsitzenden Sandblätter waren gepflückt, nun ging Fräulein Mechtild daran, auch die oberen abzunehmen. Gebückt stand sie und schichtete in einem Korb die Lappen auf.

»Nun, Nachbarin«, rief ich hinüber, »auch beim Einheimsen?« Sie schrak zusammen. Dann aber kam sie, bereitwilliger als sonst, herbei. Im ersten Augenblick bemerkte ich nicht, wie sehr sie sich verändert hatte. Sie war schmal und blaß geworden, und ein neuer, nie an ihr wahrgenommener Zug hatte ihren Ausdruck schreckhaft verstört. »Eine kapitale Ernte«, fuhr ich ohne Besinnen fort, »man darf wohl gratulieren?«

Fräulein Mechtild wurde dunkelrot, und plötzlich sah ich, daß eine Träne in ihren hellblauen Augen zitterte. Da sah ich schnell weg und schämte mich.

In diesem Jahr trafen wir uns nicht wieder.

Der Winter kam, ein harter Winter für so viele frierende, hungernde, darbende Menschen. Im anderen Jahr blieb Fräulein Mechtilds Garten lange unbestellt.

Erst, als bei uns schon der frühe Salat grünte, kam sie, die in früheren Jahren doch immer unter den Eifrigsten gewesen, zum ersten Mal. Ich erschrak, als ich sie erkannte. Sie war sehr abgemagert. Das Haar hing ihr in halblangen, wie aschgrau bestaubten Wellen in den Nacken hinab. Sie steckte in einem armseligen Kleid, sogar das weiße Schleifchen am Halse fehlte. »Sind Sie krank gewesen, Fräulein Mechtild?« fragte ich.

Sie gab mir keine Antwort. Später – ein gemieteter Mann stach ihr die Beete um – ließ sie verlauten, sie könne die schwere Arbeit nicht selbst leisten, das Herz versage ihr den Dienst. Nachdem die Erde geebnet und die Weglein eingetreten waren, kauerte sie auf ihrer kleinen Holzbank, erschöpft und traurig.

Niemals habe ich sie in jenem Frühjahr anders als müde und traurig gesehen. Dann und wann kam sie zu mir herüber und klagte: »Es will nichts gedeihen bei mir. Sehen Sie nur! Die Erbsen haben die Vögel herausgepickt, der Salat ist abgewelkt, die Petersilie ist gar nicht gekommen. Es ist kein Segen auf meinem Garten in diesem Jahr.«

Ich dachte an den Tabak, der im vorigen Jahr so prächtig aufgeschossen war. Doch ich sagte nichts – wie hätte ich die Wunde berühren sollen, an der das alte Mädchen so offenbar krankte? Dennoch erfuhr ich eines Tages, wie ihr diese Wunde geschlagen worden war. Sie hatte mich einmal so sehr gedauert, wie sie so verlassen dagesessen war. Da war ich über den Zaun zu ihr eingestiegen und hatte mich zu ihr gesetzt.

Ich hätte wohl schon gehört, begann sie, die Leute seien ja nicht faul, wen auszurichten, und so habe man mir sicher schon ihre Geschichte erzählt, eine traurige Geschichte. Nein. In Wahrheit sei die Geschichte gar nicht traurig, sondern erfreulich und gut, nur sie selbst, Fräulein Mechtild, sei die Verliererin dabei. Jemand müsse doch der Verlierer sein in jeder Geschichte, jemand müsse im Schatten stehen, wenn zu den anderen das Licht komme.

Ich schwieg und nickte und wartete. Fräulein Mechtild fuhr fort: Da habe sie doch im letzten Jahr den Tabak gebaut. Eine schöne Ernte. Sie habe sie zum Trocknen zu einem Bauern gebracht, eine Wegstunde vor der Stadt. Der Bauer habe ihr versprochen, die Blätter in der Scheune trocknen zu lassen.

Es war an einem Abend im September. Das Fräulein Mechtild habe wieder einmal einen Korb Tabak hinausgebracht und versorgt. Danach sei sie vor dem Scheunentor gesessen, neben dem Brunnen. Sie habe schon aufstehen und weggehen wollen, habe nicht gewußt, was sie zurückhielt, sie wollte mit dem Zug fahren, und wenn sie ihn erreichen wollte, hätte sie höchste Zeit gehabt.

Da sei – im letzten Abendlicht – eine fremde Person des Weges gekommen, eine noch junge Frau, aber sehr verhärmt und elend gekleidet. Sie sei stehengeblieben und habe zu Fräulein Mechtild hergeschaut. Und dann sei sie über die Wiese auf sie zugekommen und habe um ein Stück Brot gebeten.

»Ich bin nicht die Bäuerin«, habe das Fräulein Mechtild gesagt. »Wenn Sie zur Bäuerin wollen, müssen Sie dort hineingehen.«

Die Frau habe nach dem Haus hingesehen, hingegangen aber sei sie nicht. War sie schon zu müde dazu, zu hoffnungslos? Sie habe sich zu Fräulein Mechtild an den Brunnen gesetzt, als wollte sie nur ein wenig rasten.

Die Frau stammte aus Ostpreußen, das merkte man ihrer Sprache an.

»Aus Ostpreußen?« Aufhorchend hob ich den Kopf und warf Fräulein Mechtild einen kurzen Blick zu. Sie hatte ihn gleich bemerkt und murmelte: »Nun, jetzt wissen Sie es ja schon.«

Ich antwortete nicht. Endlich sagte ich zögernd: »Nein, eigentlich weiß ich gar nichts.«

»Es gibt wohl Zufälle«, sagte Fräulein Mechtild, »Zufälle, die so ungeheuer sind, daß niemand sie für möglich hielte – oder es gibt einen Gott, der alles sieht und alles weiß und alles lenkt an unsichtbaren Fäden. Da war so ein Faden, der führte zu mir, wie ich dort am Brunnen saß, und durch mich hindurch – weither – weithin. Ja. Denn die Frau – die Frau dort – war *sie.*«

»Ach!« rief ich, »seine Frau?«

»Ja, seine Frau. Wir waren in ein Gespräch gekommen. In solchen Zeiten, wie den unseren kommt ja wohl jeder mit jedermann ins Gespräch. Jeder trägt sein

Schicksal gleichsam offen auf der flachen Hand, denn jedermanns Schicksal ist ja nur ein Teil des Allgemeinsten. – Ich sagte zu ihr: ›Bei mir wohnt ein Mann, der ist aus Ihrer Gegend. Seine Frau ist tot, auch das Kind, und ein zweites hat sie erwartet, als sie flüchteten.‹ – Sie war aufmerksam geworden und blickte mich an und sagte: ›Ein Königsberger?‹ Und ich sagte: ›Ja.‹ Und auf einmal wird mir heiß und kalt, und ich erkannte sie nach einem Bild, das er bei sich und immer noch in seiner Brusttasche trug.

Da sprang ich auf und lief davon. Ich lief und lief querfeldein wie gejagt, und in der Nacht erst kam ich nach Hause.

Er wartete auf mich, saß in der Küche und wartete. Er hatte das Essen für uns beide zurechtgemacht und konnte sich nicht erklären, wo ich bliebe. Er sagte: ›Was ist geschehen, daß du so lange nicht kommst? Wo bist du gewesen? Ich habe Angst um dich gehabt.‹

Ich sank auf einen Stuhl und legte den Kopf auf den Tisch und sagte: ›Verzeih mir, verzeih mir, ich habe ihr nichts gesagt.‹

›Was?‹ sagte er, ›was wolltest du wem gesagt haben?‹

›Der Frau‹, sagte ich, ›deiner Frau: daß du lebst und hier bist und alles, alles.‹

Ach. Ach. Ach. Es war eine sehr lange Nacht, die nun folgte, für mich, für ihn, eine lange, schreckliche Nacht. Er schrie und tobte und bat mich wieder um Verzeihung. Er rannte weg, so gut es seine Beine ihm erlaubten, denn, müssen Sie wissen, er geht immer noch an zwei Stöcken. Auf der Polizei trommelte er die Leute heraus, die konnten ihm nicht helfen, aber im Rundfunk versprachen sie ihm, die Meldung durchzugeben. Am nächsten Tag hörte ich es selbst aus meinem klapprigen Volksempfänger: ›Frau Antje Körner mit Tochter Karin aus Königsberg, Frau Antje Körner, vierundzwanzig Jahre alt.‹

Nach zwei Tagen kam die Antwort, und gleich darauf sie selbst. In meiner Wohnung, vor meinen Augen haben sie sich gefunden. – Antje lebte nicht in der Stadt, sondern auf dem Land in einem Lager, in großem Elend. Sie war nur an diesem einzigen Tag in die Stadt gekommen, weil sie einen Ring verkaufen wollte, das letzte Schmuckstück, das sie besaß. Auf diesen Ring hatte sie ihre ganze Hoffnung gesetzt. Sie war den ganzen Tag in der Stadt herumgelaufen, hatte ihr letztes Geld verbraucht und hatte den Ring nicht verkauft. Nun mußte sie sich zu Fuß auf den Weg machen, um in das Lager zurückzukehren. Sie hatte einen Marsch von vielen Stunden vor sich. Da kam sie zu mir, wie ich dort am Scheunentor saß, am Brunnenrand, und bat mich um ein Stück Brot.«

»Wunderbar«, sagte ich, »sehr wunderbar.«

»Ja«, sagte das Fräulein, »nicht wahr? – Und heuer baue ich keinen Tabak mehr.«

Sie erhob sich von ihrem Bänkchen und trat auf ihre Beete zu. Wirklich waren sie heuer öde und fast wüst, und nur ganz armselig siedelte ein wenig räudiges Grün zwischen den ausgetretenen Pfaden. Fräulein Mechtild hob die Arme. Ich dachte: Jetzt wird sie sich niederwerfen und weinen. Aber sie warf sich nicht nieder und weinte auch nicht, sie ließ die erhobenen Arme langsam sinken und stand nur traurig und starr, als stünde sie vor einem Grab.

Und wieder wurde es Herbst und Winter und Frühjahr. Es zeigte sich, daß die Welt allmählich wieder ein etwas freundlicheres Gesicht für uns gewann. Und es zeigte sich, daß wir nicht vergeblich darum gekämpft hatten zu überstehen und daß der Lebenswille, der sich mit zähen Wurzeln in den steinigen Boden geklammert hatte, endlich doch zu fruchtbarem, nahrhaften Erdreich durchgedrungen war.

Nun wurde manches anders. Das tägliche Dasein erleichterte sich um die Sorge um das bißchen Essen und karge Brot. Die Stadtleute gaben es auf zu gärtnern; auch unser Gelände wurde wieder aufgehoben, die Zäune herausgerissen, die Wege eingeebnet, Rasen gesät und Bäume und Sträucher wieder gepflanzt. Aber kurz darauf wurde noch einmal anders geplant: Bagger und Krane fuhren auf, und nach kurzer Zeit stand ein hoher Kasten da, Beton und Glas, und auf dem Dach ein Café mit Aussichtsterrasse.

Fräulein Mechtild habe ich lange Jahre nicht mehr wiedergesehen.

Aber neulich kam ich in einen kleinen Zigarrenladen, da stand eine alte Dame – und ich hätte doch schwören mögen, sie sei es. Sie bediente die Kundschaften, es war zu merken, daß sie es nur aushilfsweise tat, denn sie mußte jeweils nach der verlangten Ware suchen. Nachdem sie drei oder vier Schublade geöffnet hatte, bat sie den einen Kunden zu warten: »Mein Sohn wird gleich da sein, er ist der Chef ...«

Sohn –? dachte ich und wunderte mich.

Dann war ich daran.

Ich wollte nur ein Päckchen Zünder.

Das reichte sie mir.

Ich beugte mich vor: »Sind Sie nicht – Fräulein Mechtild?« fragte ich.

Sie sagte: »Mechtild?« als hätte sie den Namen noch nie gehört.

Ich wollte weiter reden: Ja, von damals ...

Da trat schon wieder eine Kundschaft ein.

Ihr wandte sie sich zu und dabei setzte sie beinah hastig eine schwarze Brille auf.

Ich zahlte meine Zünder und ging.

Vor dem Laden sah ich noch einmal zurück.

Dem Tabak ist sie doch treu geblieben, ging mir so durch den Kopf. Dabei war ich mir gar nicht einmal sicher, ob sie es auch wirklich gewesen sei.

ZEIT FÜR KELLERHÄLSE

Wäre ich ein Autor, der auf seinen Ruf hält, ich würde diese Geschichte nicht niederschreiben. Heute schreiben Autoren, die auf ihren Ruf halten, nur Elend und Malheur, bestenfalls schwarzen Humor und giftige Satire, keinesfalls aber eine heitere Geschichte wie diese hier. Heiterkeit hat bei uns ausgespielt.

Wir haben uns seit bald vierzig Jahren der Melancholie ergeben.

Seit es uns gut geht, züchten wir Mißmut, Trauer, Groll, Wut – und haben dabei schon erstaunliche Ernten erzielt. Auch unser Nachwuchs tut bereits tüchtig mit. Wenn früher die Jugend die Zeit der Hoffnung, das Reich der Träume hieß, so ist sie jetzt zu einer Zeit des Frusts geworden, eine öde Landschaft, die nichts hervorbringt als die Monokultur des Unbehagens. Schon unsere Jüngsten sind dahinter gekommen, daß es für schicker gilt, lieber nicht geboren zu sein als sich des Lebens zu freuen und zu lachen.

Ich für meine Person lache noch immer gern.

Natürlich weiß ich, wer wüßte es nicht? – das volle Recht zu lachen, hat niemand von uns. Dieses Recht haben wohl schon Adam und Eva im Paradies verspielt. Dennoch gehört Lachen zu ihrem Erbe – wie Dornen und Disteln und Schweiß im Angesicht.

Ich habe einige Leute gekannt, die haben mich lachen gemacht, unter ihnen Frau Kellerhals.

Von ihr möchte ich erzählen.

Die Zeit, in der wir sie kennenlernten, war wahrlich eine Dornen-Distel-Zeit, eine Zeit voll Blut und Tränen.

Mein Bruder hatte im Krieg eine junge Rheinpfälzerin geheiratet, die, während er an der Front war, in ihrer linksrheinischen Heimat blieb. Aber als sich der westliche Kriegsschauplatz näherte, als die pausenlosen Luftangriffe dort auch schon die kleinsten Ortschaften zu verwüsten begannen, brach sie auf, um zu uns, zur Familie ihres Mannes, zu kommen. Wir lebten in Tirol. Die jungen Eheleute hatten sich in unserem Haus eine kleine Wohnung eingerichtet, die Frau erwartete ein Kind, so war es nur zu natürlich, daß sie bei uns Zuflucht suchte.

Aber die Flucht wollte ihr nicht gelingen.

Es war Dezember 1944, die junge Frau stand auf den zerbombten Bahnhöfen der winterlichen Städte und brachte es nicht fertig, in einen der Züge zu kommen, die südostwärts rollten. Die Züge waren zum Bersten überfüllt und wurden, wo sie sich leerten, sofort wieder von einer durch Angst und Schrecken aufgebrachten Menge gestürmt. Die junge Frau in ihrem der Schonung bedürftigen Zustand wurde zurückgestoßen und samt ihrem Gepäck beiseite gedrängt. So ging es ihr einmal, zweimal, immer wieder; ohne Obdach und Nahrung, von Alarmen gescheucht, gab sie ihr Vorhaben endlich auf und kehrte in ihre Heimatgemeinde zurück.

Dort waren aber auch die Ihren im vollen Aufbruch begriffen. »Was«, hieß es, »jetzt bist du wieder hier, wo wir selbst auf Flucht gehen müssen? Wir dachten, du bist längst drüben und in Sicherheit!« Das war nun schlimm und sozusagen eine verzweifelte Lage: Bleiben und Gehen gleicherweise unmöglich. Die Zeit drängte, die Gefahr wuchs, aus dem benachbarten Bienwald grollten schon die Geschütze.

Da aber erschien, groß wie ein Grenadier, rundköpfig wie eine Katze, mit straff in einen Knoten gewundenem Haar, ihre stämmige Gestalt in breiten Hüften wiegend, Frau Kellerhals. Wer war sie? Irgendwer, eine Häuslerfrau, aus Schlesien gebürtig und durch die Ehe mit dem schmächtigen Nachtwächter des Dorfes Pfälzerin geworden, ehemals dienstbarer Geist in vornehmen Häusern, jetzt gelegentlich Aushilfe auf dem väterlichen Gut der jungen Frau. »Ich bring' Sie hinüber«, sagte sie, »das wäre doch gelacht.«

»Aber wie wollen Sie dann selbst zurückkommen, Frau Kellerhals?«

»Hach, das lassen Sie man nur meine Sorge sein!«

Sie packte das Gepäck der jungen Frau und packte die junge Frau selbst und fuhr mit ihr los. Nun kam es freilich nicht mehr vor, daß ein Zug wegfuhr und sie hilflos auf dem Bahnsteig zurückblieben. Gewaltig wuchtete Frau Kellerhals Koffer und Körbe in den Wagen, wuchtete ihren Schützling nach, schwang sich zum Schluß noch selbst hinein, unbekümmert, ob sie wem dabei die Zehen zermalmte. Schimpfreden und Flüche wurden laut, sie kümmerten Frau Kellerhals nicht, sie boxte sich durch und eroberte für ihre Herrin noch ein Sitzplätzchen in einem Abteil oder wenigstens auf der Kante eines Koffers. Immerhin dauerte auch diese Fahrt drei Tage in den Fährnissen und Zerstörungen jener Zeit. Eines Mittags, als wir bei Tisch saßen, schon in Unruhe, wo denn die längst angekündigte Schwägerin bliebe, öffnete sich die Tür, und Frau Kellerhals füllte den Rahmen: »Da sind wir«, ließ sie sich triumphierend vernehmen, »wir haben's geschafft.«

walden

Sie fuhr dann wieder ab. Aber als die Zeit herannahte, da das Kindchen zu erwarten war, siehe, da stellte sie sich wieder ein, die Schwerlötige, Unverzagte, die auch die zweite mörderische Fahrt nicht gescheut hatte, um zurechtzukommen. Freilich: dieses Mal hatte sie sich nicht mehr an Personenzüge halten können, in Lastzügen war sie gefahren, hatte sich geduckt, wenn der Himmel vom Flakfeuer bellte, hatte im nächsten Grabenloch überstanden, wenn in der Nähe Bomben barsten. Nun war sie da und blieb und kam eines Tages glückstrahlend zu uns herauf, in schneeweißer Schürze blitzend, die Hände in die Hüften gestemmt: »Guten Morgen, meine Herrschaften. Wir haben soeben eine Tochter geboren.«

Das Kind brauchte Pflege, denn seine Mutter wurde nach der Geburt ernstlich krank. Es war nicht daran zu denken, daß Frau Kellerhals Urlaub nahm.

Die kleine, bislang immer noch vaterlose Familie wohnte in unserem Haus im unteren Stockwerk. Da hatte auch mein Mädchen ihr Zimmer, eine kleine, falsche, diebische Elster, der ich nur noch nicht auf die Schliche gekommen war, weil ich, aus längst überlebten Zuständen stammend und von Kindheit an zu törichter Vertrauensseligkeit erzogen, immer meinte, nur das Beste von den Mitmenschen glauben zu müssen. So hatte ich meine kleine Elster mit übertriebener Schonung behandelt, hatte manchen ihrer Fehltritte, ja manchen Unterschleif geflissentlich übersehen – zum Teil aus törichtem Zartgefühl, zum Teil aus Bequemlichkeit, wohl aber vor allem, weil ich bisher noch nie in die Lage gekommen war, mich meiner Haut ernstlich wehren zu müssen. Ganz anders Frau Kellerhals. Nicht nur, daß Zartgefühl für sie eine unbekannte Vokabel war. Sie hatte es sich wahrscheinlich auch niemals leisten können, ihre Mitmenschen – sich selbst zum Schaden – in den blauen Dunst eines unangebrachten Idealismus zu hüllen.

So geschah es eines Abends, daß aus dem unteren Stockwerk unseres Hauses ein wahrhaftig ungeheures Gebrüll ertönte.

Ich stürzte hinunter und fand Frau Kellerhals vor der versperrten Zimmertür meines Mädchens, mit einem dicken Prügel bewaffnet, in drohender Haltung. »Rosi!« schrie sie. Vor Zorn und Empörung quollen ihr die Augen aus dem Kopf. »Rosi, du hast mir meine Marken gestohlen. Gib sie her oder ich schlag' dich tot. Mit diesem Holzscheit schlag' ich dich tot, so wahr ich da stehe.«

»Um Gottes willen, Frau Kellerhals«, rief ich, »irren Sie sich denn nicht? Vielleicht haben Sie die Marken verlegt oder verloren?«

»Ach, was! Verlegt oder verloren, das gibt's nicht bei mir!« Und wieder schwang sie den Prügel und brüllte die Drohung grausamen Totschlags ins Schlüsselloch. Hinter der Tür raschelte es ängstlich hin und her. »Hören Sie nur!« Frau Kellerhals rüttelte an der knirschenden Klinke. »Butter hat sich das Luder gekauft und Wurst, ich hab' sie in den Laden gehen sehen. Da – jetzt rappelt sie mit dem Fleischerpapier! – Mach auf, da drinnen, willst du gleich aufmachen, du! Sonst schlag' ich dich mit dem Holzscheit tot.«

Und richtig tat sich die Tür auf, und das Mädchen warf, kreidebleich und des Entsetzlichsten gewärtig, der Hereinbrausenden die zerschnitzelten Marken vor die Füße. Doch Frau Kellerhals hielt sich nicht mit dem Papierzeug auf. Mit einem Satz war sie bei dem Bett des Mädchens und angelte unter der Matratze ein Viertelpfündchen Butter hervor, mit einem zweiten Satz war sie beim Ofen und fischte aus dem schwarzen Feuerloch ein anderes Päckchen, die fragliche Wurst. Schnell waren dann auch die Marken aufgelegt, geglättet, gezählt, ihr geminderter Bestand mit dem Beutegut verglichen: »Hundert Gramm hast du schon verschlungen, Rosi, du Kreatur! Wer gibt mir meine hundert Gramm zurück?« Und den Knüppel schwingend zog die siegreiche Kellerhals mit den Viktualien davon.

Was war doch Frau Kellerhals für eine tüchtige Wirtschafterin! Nicht nur, daß sie die Wohnung blitzblank sauberhielt, das Kindchen hütete, den Garten umgrub und bestellte, strickte, flickte und bügelte – sie hatte auch bemerkt, daß es im Haus an Holz fehlte, von Kohlen ganz zu schweigen. So machte sie sich auf, Holz herbeizuschaffen. Auch in unserer kleinen Stadt waren Bomben gefallen und hatten ein ganzes Viertel niedergelegt. Nun gab es viele, die ein paar Latten aus den Trümmerhaufen klaubten, um sich heute oder vielleicht auch morgen über ihnen eine Suppe zu kochen. Frau Kellerhals ging die Sache weit gründlicher an. Sie rüstete sich mit Schaufel, Säge und Pickel aus und drang in das Innere der Trümmerberge ein, sie wühlte sich wie ein Maulwurf durch Mörtel und Ziegelhalden, um feste Balken auszugraben und ganze Trame als Beute heimzukarren.

Jeden Tag rückte sie mit neuen Lasten an. Auch auf der Straße war ihr nichts zu gering, es mitzunehmen, sei es, daß ein anderer Holzsammler unachtsam ein Trumm verloren, sei es auch, daß eine etwas lose gewordene

Zaunlatte dazu verführte, vollends abgelöst und mitgeschleift zu werden. Im Hof sägte und kliebte Frau Kellerhals die wilden Stücke zu handlichen Scheitchen, sie schichtete sie zu hölzernen Burgen – immer mit einem treuen Seitenblick auf das Körbchen hin: Das Kind sollte doch nicht frieren müssen im kommenden Winter.

Dazwischen rückte sie auch dem Hunger zu Leibe und, ich möchte fast sagen, sie weidete uns auf den frühlingsgrün sprießenden Wiesen; denn was wir nicht gelernt hatten, lehrte sie uns: Sie lehrte uns, auf freiem Feld ein wenig Nahrung zu finden, Gänsezungen rupfen und Wegerich stechen, die junge Brennessel zu mildem Spinat und das zackige Löwenzahnblatt zu bitterpikantem Salat lesen. So kläubelten wir nun, unter Frau Kellerhalsens Vorantritt, selbst beinahe wie Gänse im Grünzeug herum und lernten die Schnäbel, die wir bislang wohl ein wenig zu hoch getragen hatten, demütig hinabsenken zu Mutter Erde, damit sie uns nähre, wenn auch nur mit den unscheinbarsten Kindern ihrer Flora.

Im Sommer, viele Wochen nach Kriegsende, nachdem die junge Frau genesen und auch ihr Mann, unser Bruder, glücklich heimgekehrt war, fand Frau Kellerhals, daß sie nun entbehrlich geworden sei, und sie wollte nach Hause zurück. Sie hatte die ganze Zeit nichts mehr von ihrem Nachtwächter und nichts mehr von ihrem Dorf gehört und oft dachte sie an ihr Häuschen in der Pfalz, an dem ihr Herz hing. »Wenn es nur noch steht!« ließ sich die Schwägerin sorgenvoll vernehmen: Soviel war ja gewiß, die Gegend dort am Bienwald war lange umkämpft gewesen.

»Wenn mein Haus hin ist, bring' ich mich um«, verkündete die Resolute. »Aber heim komm' ich, da mag es gehen, wie es will, und müßte ich durch die Bach schwimmen.« »*Die Bach*« so nannte Frau Kellerhals den Rhein.

Nein, durch die Bach mußte Frau Kellerhals nicht schwimmen, doch ihr Häuschen fand sie wirklich zerstört, bis auf die Grundmauern niedergebrannt. Alles, was ihr lieb und teuer gewesen, was sie sich binnen dreißig Jahren mit ihrer Hände Arbeit erworben hatte, war dahin. Das mag ein schlimmer Tag gewesen sein für die arme Frau, als sie die Bescherung vorfand. Trotzdem brachte sie sich nicht um, wie sie vorher kategorisch versichert hatte, keineswegs brachte sie sich um. Ganz im Gegenteil. Denn – jetzt erst im Rückblick wird es klar – jetzt brach die große Zeit an für Menschen Kellerhalsscher Art, die große Zeit für *Kellerhälse*. Wie eine Springflut ging das allgemeinste Ungemach über das ganze Land, in eine wirbelnde Wasserwüste schien das Dasein verwandelt. Da wurde weggeschwemmt, was zart und zerbrechlich war, da konnte nur rudern und sich oben halten, was starke Arme hatte, und die Kellerhälse hatten starke Arme. Aller bürgerlichen Konvention entbunden, ganz allein auf sich gestellt, auf ihren unverzagten, zähen Hausverstand verwiesen, kämpften sie sich durch die Fluten, schlugen sich durch Not und Gefahr und fanden allemal noch Zeit zu einem grimmigen Lachen, mit dem sie sich's selbst bestätigten, daß sie wieder ein Abenteuer hinter sich gebracht, wieder einen Streich geliefert, wieder eine Klippe umschifft und irgendeins ihrer Schäflein ins trockene gebracht hatten.

Gefahr und Abenteuer waren, wie es scheint, Frau Kellerhals zum Bedürfnis, ja geradezu zur zweiten Natur geworden. Und Gefahr und Abenteuer bestand sie nicht nur für sich, sondern, wie wir gesehen, gern auch für andere. So ließ sie sich von Bekannten anheuern, eine gelähmte Großmutter, die die Kriegsschicksale unglücklicherweise aus der Pfalz nach Berlin verschlagen hatten, aus der vielfach zernierten Stadt herauszuholen und über alle Zonen- und Ländergrenzen den Ihren wiederzubringen. Das war damals ein beinahe aussichtsloses Beginnen, und keiner der Söhne oder Enkel der alten Frau hätte sich darangewagt. Frau Kellerhals wagte sich daran. Mit allerlei Täuschelware im Sack machte sie sich auf den Weg, denn ohne Täuschelware war in jenen Jahren nicht einmal eine lahme Großmutter zu erreichen, geschweige denn, durch hundert Kontrollen und Schlagbäume hindurchzuschmuggeln. Die Geschichte dieser Fahrt ist sehr schön und könnte es aufnehmen mit mancher berühmten Anabasis. Einmal hatte man der Kellerhalsen schon den Sack abgenommen, sie aber schwang sich, als sie das kostbare Täuschelgut im Zöllnerwagen davonrollen sah, hintenauf, drang zu ihrem Sack vor, warf ihn aus dem Fenster und sprang hinterdrein. In Berlin trug sie die lahme Großmutter von Niederschönweide bis Wilmersdorf, packte sie dann von Zug zu Zug, hungernd, frierend, in endlosen Stationen aufgehalten, verhaftet und in den Kotter gesperrt. Wieder freigekommen, stöberte sie die Großmutter in einem Flüchtlingslager auf, wohin der Arm einer uneinsichtigen Obrigkeit sie gesteckt hatte, und landete schließlich mit ihr, auf einem Kohlentender thronend, schwarz beide wie die Mohren, doch glücklich in der pfälzischen Heimat.

Doch das verwegenste Abenteuer bestand Frau Kellerhals, geborene Plaschke, um ihres Küchenschrankes willen. Ihr alter Küchenschrank war nämlich, als die Granate das Häuschen in Brand gesetzt hatte, mit allem anderen zusammen verbrannt. Nun aber hielt, ohne Küchenschrank zu leben, Frau Kellerhals für eine unerträgliche Schmach, für einen unzumutbaren Zustand. Sie hatte einen Bruder im Thüringischen, der Tischlermeister war und ihr versprach, ein Küchenmöbel zu bauen. Indessen war Thüringen russische Besatzungszone geworden, Stacheldraht schied hüben und drüben, vermint waren die Wälder, über Kahlschlägen und Schneisen wachten Maschinengewehre. Fast täglich spielten sich hier blutige Tragödien ab. So lagen die Dinge, als Frau Kellerhalsens Bruder den Küchenschrank fertig hatte.

»Helene, ich will nicht wissen, was du damit tust«, sagte er.

»Brauchst du auch nicht«, erwiderte sie. »Das Schränkchen da wird mir auch nicht den Hals brechen.«

Sie lud das Möbel auf einen Leiterwagen und ratterte los. Nahe der Zonengrenze lud sie ab, verstaute den Schrank im Gebüsch, brachte den Leiterwagen zurück und wartete, bis es finster wurde. Dann ging sie hin, huckte sich den dreiteiligen Schrank auf den Buckel und schickte sich an, den Wald zu durchqueren. Nun sei es allerdings schauerlich gewesen, erzählte sie später, wie die Zweige unter ihrem Gewicht geknackt, wie das Laub geraschelt hatte. Glühten nicht hier ein Paar Augen aus dem Dickicht? Hob sich nicht dort die Mündung eines Gewehrs?

Vielleicht war sie längst von einem Posten gesichtet worden, wie sie unter ihrer unförmigen Last dahinkeuchte, eine gräßliche Ungestalt im schummrigen Waldesdunkel, und vielleicht hatte sich der Posten selbst ängstlich geduckt und – in einer abergläubischen Anwandlung seiner östlichen Seele – die Erscheinung an sich vorüberziehen lassen.

Unbehindert kam die Kellerhalsen drüben an. Heil brachte sie den Küchenschrank hinüber, den hölzernen Herzenstrost, für den Kopf und Kragen zu riskieren sie sich nicht gescheut hatte.

Bald hatte Frau Kellerhals nicht nur Schrank und Bett, sondern auch ein neues Häuschen auf demselben Platz, wo das alte gestanden hatte, und es schien ihr weit schöner und war um vieles komfortabler als das erste. Sie wohnte darin mit ihrem Mann Wilhelm, dem Nachtwächter, und plagte sich weiter – Jahr für Jahr. Denn Küchenschrank und Bett und Haus waren ja nur der Anfang gewesen in Frau Kellerhalsens neuen Leben. Andere Dinge folgten, an die sie früher nicht einmal im Traum gedacht hätte: ein Radio, ein Eisschrank, eine Waschmaschine, ein Küchenboy, ein Glotzophon; dann eine Hausbar, ein elektrischer Rasenmäher, ein Teewagen, ein Kamin mit Knopfdruckfeuerschein. – Nicht daß Frau Kellerhals dieser Dinge wirklich bedurft hätte, die meisten ließ sie auch unbenützt herumstehen das ganze Jahr. Doch die Nachbarn hatten derlei gekauft und in ihrem Haus montiert, und das war unerträglich anzusehen und nicht desgleichen zu haben oder womöglich noch mehr. So mußte man kaufen – und schaffen, damit man wieder kaufen konnte, das war doch klar! Frau Kellerhals wurde krank, aber sie erlaubte es sich nicht, krank zu sein, sie raffte sich auf, biß die Zähne zusammen und schaffte weiter.

Da, eines Tages, starb Wilhelm, der Nachtwächter.

Frau Kellerhals atmete auf: Gott hab ihn selig! denn er hatte ihr nie sehr treulich zur Seite gestanden in ihrem Kampf um Wohlstand und Ansehen, nein, er hatte sie immer nur allein schuften lassen, war lieber seinen eigenen Vergnügungen nachgegangen bei Flasche und Kartenspiel.

Nun aber war Frau Kellerhals endlich imstande, etwas anzuschaffen, was die Nachbarn noch nicht angeschafft hatten, denn die Nachbarfamilie hatte schon lange keinen Trauerfall mehr gehabt. Jetzt wollte es ihnen Frau Kellerhals zeigen, daß sie ihnen wenigsten in diesem *einen* Punkt voraus und überlegen war.

Sie ging zum Steinmetz und kaufte einen Grabstein, ein prächtiges Stück, Marmor, rundum glänzend poliert, mit einem weinenden Ölbergjesus in Schleifgravur; sie ließ den Stein mit goldener Schrift versehen und auf Wilhelms Grab pflanzen.

»Ja, können Sie sich denn das leisten, Frau Kellerhals?« fragte man bewundernd. »Ich schon!« sagte sie stolz wie eh und je. »Hab' doch mein Lebtag lang geschafft.« – Und engsten Freunden vertraute sie an: Eine schöne Summe habe sie zurückgelegt mit Wilhelm zusammen, so brauche sie sich nicht lumpen lassen, auch nicht in alten Tagen, sie habe vorgesorgt.

Eine Weile plagte sich Frau Kellerhals noch weiter. Dann war es auch für sie genug.

Sie ging zur Bank und wollte sich ausheben lassen, wieviel sich da gesammelt habe auf ihrem Sparbuch mit Zins und Zinseszinsen.

Nun aber geschah etwas Schlimmes, und ich bin froh, daß ich's nicht miterlebte. *Nichts* hatte sich angesammelt und aufgestockt, nur ein schäbiges Restchen geisterte

noch herum auf dem abgeräumten Konto, denn Wilhelm, der Nachtwächter, hatte alles schon abgeholt, hatte sich's ausbezahlen lassen, das Bitterersparte und Zusammengerackerte, er hatte es verjubelt in schlechter Gesellschaft.

Wie konnte man ihm das heimzahlen?

Kein Besen erreichte ihn mehr, kein noch so gezielt geschleuderter Kochtopf. Nur noch den Stein – ja, den Stein! –, den konnte sie ihm übern Kopf weg verkaufen. Gedacht, getan. Ein Morgen graute über verzweifeltem Entschluß. Frau Kellerhals ging und verschacherte den Marmorblock, das Ehrenmal des Ehrlosen, und ließ ihn fortschaffen, so rasch es ging. Der Steinmetz mußte den Namen Kellerhals wegspitzen und sein Andenken löschen. So geschah es, und das Grab blieb nackt und leer, ein armseliger Hügel, zurück.

Leider hatte sich Frau Kellerhals mit diesem Racheakt selbst betrogen. Denn – sei es, daß ihr ohnehin schon angeknackstes Herz durch die letzten Aufregungen weiteren Schaden erlitten hatte, sei es, daß ihre Uhr ohnehin abgelaufen war, sie starb kurz darauf und wurde, weil sie zu einer neuen Regelung keine Zeit mehr gefunden, an Wilhelms Seite beigesetzt. Man rammte ihr ein hölzernes Kreuz in den Hügel, wie das üblich ist bei jeder Bestattung. Niemand sorgte dafür, daß es später durch einen Stein ersetzt wurde, niemand kümmerte sich um das Grab. Die Leute, die Frau Kellerhals beerbt hatten, ließen sich nie blicken.

Das Haus wurde verkauft, alle die kostbaren Dinge darin verramscht, von der Hausbar bis zum Knopfdruckkaminfeuer. Das hölzerne Kreuz auf dem Grab ist auch schon nahe daran, das Zeitliche zu segnen und – zu zwei weißlichen Latten vermorscht – ins Unkraut zu sinken. Dann wird niemand mehr wissen, wo die Tüchtige ruht, niemand wird noch ihrer gedenken, die Heldensage der Kellerhalsen wird verklingen.

So traurig enden auch die heiteren Geschichten heutzutage. Sie kommen nicht auf gegen die Weltzeit der Bitternisse und machen sich beschämt aus dem Staub.

EIN NACHWORT DER AUTORIN ZU DEN ILLUSTRATIONEN

Dieses Büchlein enthält eine Menge Geschichten, darum auch eine Menge Gestalten. Ich dachte: Ganz ohne Bilder soll es nicht bleiben. Der Verleger dachte wie ich. Aber was für Illustrationen sollten wir ihm mitgeben? Illustrationen – von wem?

Da fiel mir Leo von Welden ein, ein alter Freund, schon vor Jahren gestorben. Konnte ein Toter meine Geschichten mit Illustrationen versehen?

Ich meine: ja. Ich war sogleich überzeugt, daß sich aus Leo von Weldens Werk das Entsprechende würde heraussieben lassen.

Ich kannte sein Œuvre und wußte, es enthielt eine Unmenge illustrativer Graphik, und richtig! – als mir seine Tochter Zugang gewährte zu seinem Nachlaß, war in kurzer Zeit die Auslese getroffen. Dafür möchte ich Frau Tine Schwaiger-Welden sehr herzlich danken. Vor allem aber möchte ich von Welden selbst danken: er würde mir, das wage ich für fast sicher anzunehmen, gern erlaubt haben, seine Illustrationen in das Büchlein einzubringen.

Es ist ein gutes halbes Jahrhundert her, es war im München der Vorkriegszeit, ich kannte dort etliche Künstler, Maler, Bildhauer, auch zwei drei Schriftsteller, da tauchte in diesem Kreis Leo von Welden auf. Wir mochten ihn alle gern, obwohl – oder vielleicht weil – wir manchmal über ihn lächelten. Er war der weitaus Unbürgerlichste von uns, ein großer hagerer Mann mit schütterem Haar, das ihm in wehenden Strähnen zumeist zu Berge stand, mit scharf vorspringender Hakennase und unter buschige Brauen gelagerten Augen, deren Blick abwechselnd von Schalk blitzte und in abgrundtiefer Traurigkeit dunkelte.

Den Schalk kehrte er heraus, wenn er in größerer Gesellschaft war; doch im Gespräch zu Zweien und bei Erörterung von Kunstproblemen kam die andere Seite seines Wesens zu Tage: tiefer Ernst und auf feinste Nuancen reagierende Sensibilität, dazu die Einsamkeit einer künstlerischen Existenz, die – obwohl mit unermüdlichem Schaffensdrang gesegnet – sich doch nicht recht daheim fühlen konnte auf dieser Erde. Unverstanden und von nur wenigen anerkannt, verfolgte er seine Weltsicht in einem reichen malerischen, in einem nahezu unüberschaubar vielfältigen graphischen Werk.

Von Welden (1899-1967) stand in der Nachfolge vor allem französischer Graphik, ich nenne hier nur die Namen Daumier und Toulouse-Lautrec. Doch während sich diese immer wieder auch dem Auftrag stellten, blieb von Welden auf merkwürdige Weise dem spontanen Einfall verpflichtet. Er konnte sich nie anpassen und in eine vorgeschneiderte Hülle schlüpfen. Er blieb immer der freie Künstler, nur dem eigenen freischwebenden Einfall, dem eigenen schöpferischen Eros gehorsam.

Was mich an seinen Zeichnungen und Holzschnitten so anzog, war, daß sie nicht nur formal virtuos, sondern daß sie auch erzählerisch und poetisch waren. Von Welden ging es nur selten um den *schönen* Menschen, um Ebenmaß – und *nie* ging es ihm um glatte Gefälligkeit. Wie er selbst war, – ein Wanderer zwischen Tragik und hintersinnigem Humor –, so gestaltete er auch. Was aus seiner Hand hervorging, signalisiert jeweils Schicksal, Geschichte, Charakter. Alle seine Gestalten verraten erlittenes, genossenes, durchkämpftes Leben. Viele erinnern an Bäume, die der Sturm gebeugt, der Blitz getroffen, die Axt verletzt hat. Dennoch sind sie unverwechselbar Geprägte, sie sind nie Verlorene. Sie leben – das ist ihre Stärke – und die einzige Gnade, auf die sie sich berufen können. Die Widersprüchlichkeit ihres Wesens ist zugleich dessen Spannweite und Vitalität.

Darum freue ich mich, daß einige von ihnen meine Geschichten begleiten.

G. F.